Ceux qui vont mourir
te saluent

DU MÊME AUTEUR

FRED VARGAS

Ceux qui vont mourir te saluent

1

Les deux jeunes gens tuaient le temps dans la gare centrale de Rome.

— À quelle heure arrive son train ? demanda Néron.

— Dans une heure vingt, dit Tibère.

— Tu comptes rester comme ça longtemps ? Tu comptes rester à attendre cette femme sans bouger ?

— Oui.

Néron soupira. La gare était vide, il était huit heures du matin, et il attendait ce foutu Palatino en provenance de Paris. Il regarda Tibère qui s'était allongé sur un banc, les yeux fermés. Il pouvait très bien s'en aller doucement et retourner dormir.

— Reste là, Néron, dit Tibère sans ouvrir les yeux.

— Tu n'as pas besoin de moi.

— Je veux que tu la voies.

— Bon.

Néron se rassit lourdement.

— Quel âge a-t-elle ?

Tibère compta dans sa tête. Il ne savait pas au juste quel âge Laura pouvait bien avoir. Il avait treize ans et Claude douze quand ils s'étaient connus à l'école, et à cette époque, ça faisait déjà pas mal de temps que le père de Claude s'était remarié avec Laura. Ce qui fait qu'elle devait avoir presque vingt ans de plus qu'eux. Il avait cru longtemps qu'elle était la mère de Claude.

— Quarante-trois ans, dit-il.

— Bon.

Néron laissa passer un moment. Il avait trouvé une lime dans sa poche, et il s'occupait à arrondir ses ongles.

— J'ai déjà rencontré le père de Claude, dit-il. Il n'a rien de spécial. Explique-moi pourquoi cette Laura a épousé un type qui n'a rien de spécial.

Tibère haussa les épaules.

— Ça ne s'explique pas. Je suppose qu'elle aime Henri tout de même et qu'on ne sait pas pourquoi.

C'est vrai que Tibère s'était souvent posé cette question. Qu'est-ce que foutait Laura, singulière et magnifique, dans les bras de ce type si sérieux et si compassé ? Ça ne s'expliquait pas. On n'avait même pas l'impression qu'Henri Valhubert se rendait compte à quel point sa femme était singulière et magnifique. Tibère serait mort d'ennui sur l'instant s'il avait dû vivre avec Henri, mais Laura n'avait pas l'air d'en mourir. Claude lui-même trouvait inouï que son père ait réussi à épouser une femme comme Laura. « C'est sûrement un miracle, profitons-en », disait-il. C'était un problème auquel Claude et lui avaient d'ailleurs cessé de penser depuis longtemps, et qu'ils résolvaient toujours en concluant : « Ça ne s'explique pas. »

— Ça ne s'explique pas, répéta Tibère. Qu'est-ce que tu fabriques avec cette lime à ongles ?

— Je mets à profit notre attente pour porter mon apparence à la perfection. Si tu es intéressé, ajouta-t-il après un silence, je possède une deuxième lime.

Tibère se demanda si c'était une si bonne idée que ça de présenter Néron à Laura. Laura avait des morceaux très fragiles. On tape dessus, ça s'effondre.

2

Henri Valhubert n'aimait pas les choses dérangeantes.

Il ouvrit la main et la laissa retomber sur la table avec un soupir.

— C'en est un, dit-il.

— Vous en êtes sûr ? demanda son visiteur.

Henri Valhubert leva un sourcil.

— Pardonnez-moi, dit l'homme. Si c'est vous qui le dites.

— C'est un griffonnage de Michel-Ange, continua Valhubert, un morceau de torse et une cuisse, qui se promènent en plein Paris.

— Un griffonnage ?

— Exactement. C'est un gribouillis du soir, et qui vaut des millions parce qu'il ne provient d'aucune collection privée ou publique connue. C'est un inédit, du jamais vu. Une cuisse griffonnée qui se promène en plein Paris. Achetez-la et vous ferez une affaire superbe. À moins bien sûr qu'elle n'ait été volée.

— On ne peut pas voler un Michel-Ange aujourd'hui. Ça ne pousse pas dans les greniers.

— Si, à la Vaticane... Les fonds d'archives immenses de la Bibliothèque vaticane... Ce papier sent la Vaticane.

— Il sent ?

Il sent, oui.

C'était idiot. Henri Valhubert savait bien que n'importe quel vieux papier sent exactement la même chose qu'un autre vieux papier. Il le repoussa avec agacement. Alors ? Pourquoi était-il ému ? Ce n'était pas le moment de penser à Rome. Surtout pas. Il faisait tellement chaud, avant, à la Vaticane, quand il était lancé dans cette quête frénétique d'images baroques, avec les bruits du papier qu'il déplaçait dans le silence. Est-ce qu'il était encore frénétique maintenant ? Plus du tout. Il dirigeait quatre affaires d'éditions d'art, il brassait un tas de fric, on courait pour lui demander conseil, on s'excusait avant de lui parler, son fils se dérobait devant lui, et même Laura, sa femme, hésitait à l'interrompre. Alors que quand il avait connu Laura, elle se foutait bien de l'interrompre. Elle venait l'attendre le soir à Rome sous les fenêtres du palais Farnèse, avec une grande chemise blanche de son père qu'elle serrait à la ceinture. Il lui racontait ce qu'il avait sorti dans la journée de la chaleur de la vieille Vaticane, et Laura écoutait gravement, le profil busqué. Et puis tout d'un coup, elle s'en foutait et elle l'interrompait.

Et maintenant plus du tout. Maintenant ça faisait dix-huit ans et même Michel-Ange le rendait mélancolique. Henri Valhubert avait les souvenirs en horreur. Pourquoi ce type venait-il lui mettre sous le nez ce papier puant ? Et pourquoi était-il encore assez snob pour prendre du plaisir à dire « la Vaticane », comme il aurait parlé nonchalamment d'une vieille amie, au lieu de dire « la Bibliothèque vaticane », comme tout le monde, avec respect ? Et pourquoi Laura filait-elle à Rome presque tous les mois ? Est-ce que ses parents croupissant loin de la grande ville exigeaient autant de voyages ?

Il n'avait même pas envie de souffler sa découverte à ce type, alors que ça lui était si facile. Ce type pouvait bien garder sa cuisse de Michel-Ange, ça l'indifférait.

— Après tout, reprit-il, ça peut légitimement venir d'une petite collection italienne quelconque. Les deux hommes qui sont passés vous le proposer, quel était leur genre ?

— Ils n'avaient pas de genre. Ils m'ont dit qu'ils l'avaient acheté à un particulier à Turin.

Valhubert ne répondit pas.

— Alors qu'est-ce que je fais ? demanda l'homme.

— Je vous l'ai dit, achetez-le ! C'est donné. Et soyez aimable, faites-m'en parvenir un cliché, et prévenez-moi s'il y en a d'autres. On ne sait jamais.

Sitôt seul, Henri Valhubert ouvrit grande la fenêtre de son bureau pour respirer l'air de la rue de Seine et chasser cette odeur de vieux papier et de cette Vaticane. Laura devait entrer en gare de Rome maintenant. Et ce jeune cinglé de Tibère devait sûrement l'attendre pour lui porter ses bagages. Comme d'habitude.

3

Le Palatino était entré en gare. Ses voyageurs en descendaient mollement. Tibère montra Laura à Néron, de loin.

— Tibère... dit Laura. Tu n'es pas au travail ? Tu es là depuis longtemps ?

— Je me dessèche ici depuis l'aube. Tu dormais encore à la frontière que j'étais déjà là. Dans le coin là-bas. Comment vas-tu ? Tu as dormi dans ta couchette ? Donne-moi ton sac.

— Je ne suis pas fatiguée, dit Laura.

— Mais si. Tu sais bien que le train fatigue. Tiens, Laura, je te présente notre ami Néron, la troisième pointe satanique du triangle démoniaque qui met la ville de Rome à feu et à sang... Lucius Domitius Nero Claudius, sixième César... Avance, Néron ! Fais très attention à lui, Laura... C'est un fou complet et définitif. C'est le fou le plus complet que Rome ait jamais abrité dans ses murs depuis longtemps... Mais Rome ne le sait pas encore. C'est ça, l'ennui.

— C'est vous, Néron ? Claude me parle de vous depuis des années, dit Laura.

— C'est une excellente chose, dit Néron. Je suis un sujet inépuisable.

— C'est surtout un très mauvais sujet, dit Tibère. Intelligence éruptive et néfaste pour l'avenir des nations.

Mais donne-moi ce sac, Laura! Je ne veux pas que tu portes de sac. C'est lourd et puis c'est moche.

Néron marchait à côté d'eux. Tibère avait mal décrit cette femme, avec des mots ambitieux qui veulent dire tout et rien. Néron lui jetait de rapides coups d'œil de côté, en tenant ses distances, avec une déférence respectueuse, plutôt inhabituelle chez lui. Laura était assez grande, et elle marchait dans une sorte d'imperceptible déséquilibre. Pourquoi Tibère avait-il si mal expliqué cette histoire de profil? Il avait parlé d'un profil busqué, de lèvres un peu dédaigneuses, de cheveux noirs coupés sur les épaules.

Mais il n'avait pas dit à quel point l'ensemble surprenait quand on la regardait. En ce moment, elle écoutait bavarder Tibère en mordant sa lèvre. Néron guettait les intonations de sa voix.

— Mais non, je n'ai rien à manger mon grand! disait Laura, qui marchait vite, en serrant ses bras sur son ventre.

— Et qu'est-ce que je vais devenir?

— Achète-toi quelque chose en route. Il faut que tu manges tout de même. Est-ce que Claude travaille à nouveau? Est-ce qu'il se concentre?

— Bien sûr, Laura. Claude travaille beaucoup.

— Tu me mens, Tibère. Il dort le jour et il court la nuit. Mon petit Claude fait n'importe quoi. Dis-moi, Tibère, pourquoi n'est-il pas là?

Elle chassa ses mots d'un mouvement de main.

— À cause de Livia, dit Tibère. N'as-tu pas entendu parler de la dernière trouvaille de ton Claude?

— La dernière fois, il ne m'a parlé que d'une certaine Pierra.

— Mais non. Pierra date d'au moins vingt jours, c'est de l'histoire antique, ça tombe en poussière. Non, la ravissante Livia, ça ne te dit rien?

— Mais non. Enfin, je ne crois pas. J'en vois tellement, tu sais.

— Très bien, je vais te la montrer cette semaine. Si bien entendu la constance de Claude résiste jusque-là.

— Je ne reste pas cette fois-ci, mon grand. Je rentre à Paris demain soir.

Tibère s'arrêta brusquement.

— Tu repars si vite ? Tu nous laisses ?

— Oui, dit Laura en souriant. Je reviendrai dans un mois et demi.

— Mais est-ce que tu te rends bien compte, Laura ? Est-ce que tu sais que Claude et moi, depuis qu'on est exilés ici, à Rome, tous les jours, tous les jours tu m'entends, on chiale un petit peu à cause de toi ? Un petit peu avant le déjeuner, et puis encore un petit peu avant le dîner. Et toi, qu'est-ce que tu fais ? Tu nous laisses pendant un mois et demi ! Crois-tu que ce sont des Pierra, des Livia qui vont nous distraire ?

— Oui, je le crois, dit Laura avec le même sourire.

Néron apprécia ce sourire.

— Mais moi, je suis un ange, dit Tibère.

— Bien sûr, mon grand. Sauve-toi maintenant, je vais prendre un taxi.

— On ne peut pas venir avec toi ? Boire un verre à l'hôtel ?

— Je ne préfère pas. J'ai des tas de gens à voir.

— Bon. Quand tu reverras Henri, embrasse-le pour moi et pour Claude. Dis-lui que j'ai la photo qu'il m'a demandée pour son bouquin. Alors… je te rends ton sac ? Tu arrives à peine et tu nous quittes ? Pas avant un mois et demi ?

Laura haussa les épaules.

— C'est bon, reprit-il. Je me perdrai dans l'étude. Et toi, Néron ?

— Je me noierai dans le sang de la famille, dit Néron en souriant.

— Il parle de la famille impériale, souffla Tibère. Les Julio-Claudiens. C'est une manie chez lui. Très grave. Et Néron le parricide était le pire criminel de tous. Il a foutu le feu à Rome.

— Ce n'est pas prouvé, dit Néron.

— Je sais, dit Laura. Et il s'est fait donner la mort en disant : « Quel artiste meurt avec moi ! » Ou quelque chose comme ça.

Tibère tendit la joue et Laura l'embrassa. Néron lui serra la main.

Sur le trottoir, les deux jeunes gens la regardèrent s'éloigner de dos, à longues enjambées, se serrant dans son manteau noir, les épaules un peu voûtées, comme si elle avait froid. Elle se retourna pour leur faire un signe. Néron plissa les yeux. Néron était myope : il tirait avec les doigts sur le bord de ses yeux verts pour « faire la netteté », parce qu'il se refusait absolument à porter des lunettes. Un empereur romain ne peut pas se permettre de porter des lunettes, expliquait-il. Surtout avec des yeux verts, qui sont très délicats. Ce serait indécent et grotesque. Néron s'était fait couper les cheveux à l'antique, courts, laissant sur le front quelques boucles blondes et régulières qu'il plaquait chaque matin avec de la graisse.

Tibère le secoua doucement.

— Tu peux arrêter de tirer sur tes yeux, dit-il. Elle a tourné au coin de la rue. On ne la voit plus.

— Tu ne sais pas décrire les femmes, soupira Néron. Ni les hommes.

— Ta gueule, dit Tibère. Viens, on va boire un café.

Tibère était soulagé. Il aurait eu horreur que son cher Néron n'appréciât pas Laura. Bien sûr, il faisait confiance aux engouements excessifs de son ami, mais tout de même, il y a toujours un risque. Il aurait pu par exemple être simplement tiède. Il aurait pu ne rien comprendre et il aurait pu dire, oui, qu'elle était assez belle, mais qu'elle n'était plus jeune, et qu'il y avait bien des petits détails qu'on pouvait lui reprocher, que tout cela était loin d'être parfait, ou quelque chose de ce genre. C'est pourquoi Tibère et Claude avaient si longtemps hésité avant de lui montrer Laura. Mais Néron savait reconnaître ce qui valait le coup sur la terre.

13

— Non, tu ne sais pas décrire les femmes, reprit Néron en tournant son café.

— Bois ce café. Tu m'énerves à le tourner comme ça.

— Bien sûr, tu es habitué. Tu la connais depuis que tu es petit.

— Depuis que j'ai treize ans. Mais on ne s'habitue pas.

— Comment était-elle avant ? Plus belle ?

— À mon avis, moins. C'est le genre de visage auquel la fatigue va bien.

— Elle est italienne alors ?

— Pas complètement, son père est français. Elle est née en Italie et elle y a passé toute sa jeunesse, plutôt cinglée je crois. Elle n'en parle presque pas. Ses parents étaient franchement fauchés, c'était plutôt le genre de fille à courir pieds nus dans les rues de Rome.

— J'imagine, dit Néron rêveusement.

— Elle a rencontré Henri Valhubert à Rome quand il est venu faire l'École Française. Très riche, veuf, avec un petit garçon, mais pas beau. Non, Henri n'est pas beau. Elle l'a épousé et elle est partie vivre à Paris. Ça ne s'explique pas. Ça fait presque vingt ans maintenant. Elle vient tout le temps à Rome, voir sa famille, voir des gens. Des fois elle reste un jour, des fois un peu plus. C'est difficile de l'avoir longtemps à soi d'un seul coup.

— Tu m'avais dit que tu aimais bien Henri Valhubert ?

— Bien sûr. C'est parce que j'y suis habitué. Il a toujours été sans pitié avec Claude. On notait dans un cahier ses accès de tendresse, car cela lui arrivait de temps en temps, le matin. Laura nous donnait de l'argent derrière son dos et elle mentait pour nous. Parce qu'Henri Valhubert était opposé à toute espèce de folie. Labeur et souffrance. Résultat, Claude ne fait rien et ça rend son père fou de colère. Ce n'est pas un homme facile. Je crois que Laura le craint. Un soir, Claude s'était endormi sur son lit, et j'ai traversé le grand bureau pour rentrer chez moi. J'ai vu Laura qui pleurait dans un fauteuil. C'était la première fois que je la voyais pleurer et j'étais pétrifié, j'avais quinze ans, tu comprends. En même temps, c'était exceptionnel à voir. Elle tenait ses cheveux noirs avec son poignet, et elle pleurait sans faire de bruit, l'arc du nez tendu, divin. C'est ce que j'ai vu de plus beau dans toute mon existence.

Tibère fronça les sourcils.

— Ce fut mon premier pas vers la connaissance, ajouta-t-il. Avant, j'étais idiot.

— Pourquoi pleurait-elle ?

— Je n'ai jamais su. Et Claude non plus.

4

Claude frappa rapidement à la porte de la chambre de Tibère et entra sans attendre de réponse.

— Tu m'emmerdes, dit Tibère sans se détourner de sa table.

— Je suppose que tu travailles ?

Tibère ne répondit pas et Claude soupira.

— À quoi ça te sert ?

— Vire-toi, Claude. Je te retrouve au dîner.

— Dis-moi, Tibère, quand tu as vu Laura il y a deux semaines, quand tu as été la chercher à la gare, est-ce que vous avez parlé de moi ?

— Oui. Enfin, non. On a parlé de Livia. On ne s'est pas vus longtemps, tu sais.

— Pour quoi faire, de Livia ? Au fait, je l'ai quittée il y a deux jours.

— Tu es épuisant. Qu'est-ce qui n'allait pas encore avec cette fille ?

— Elle était empressée.

— Quand elles sont amoureuses, tu as peur, quand elles ne le sont pas, tu te vexes, et quand elles le sont modestement, tu t'ennuies. Qu'est-ce que tu cherches au juste ?

— Dis-moi, Tibère, est-ce que tu as parlé de moi avec Laura ? Ou de mon père ?

— On n'a même pas parlé d'Henri.

— Retourne-toi quand tu me parles ! cria Claude. Je ne peux pas voir si tu mens !

— Tu me fatigues, mon ami, dit Tibère en obéissant. Je n'aime pas quand tu es comme ça, tellement agité. Qu'est-ce qu'il y a encore ?

Claude serra les lèvres. C'était toujours comme ça. Tibère arrivait à l'exaspérer. Depuis quatorze ans qu'ils se connaissaient, depuis qu'ils avaient été à l'école ensemble, puis au lycée, puis à l'université, ça n'avait pas bougé. Ça avait même empiré. Plus Tibère avait grandi sous ses yeux, plus il avait pris du charme et de la puissance. Des fois, c'était énervant. Un jour, de toute manière, l'âge viendrait qui déferait le visage anguleux de Tibère, qui déferait ses longs cils noirs de prostituée, et qui déformerait son corps. À ce moment, on verrait si Tibère serait toujours l'homme noble, le travailleur acharné et rapide, le tendre protecteur de son ami Claude. On verrait. D'ici là, ça faisait tout de même pas mal de temps à attendre. Claude se détourna de la fenêtre où passait son reflet. Malingre, disait de lui son père. Avec un visage irrégulier, qui partait dans tous les sens, et qu'il tenait de ce foutu père, d'ailleurs. Heureusement qu'il y a des miracles dans la vie et qu'il pouvait avoir presque toutes les filles qu'il voulait, il ne s'était pas encore expliqué comment. Il faut dire qu'il y passait beaucoup de temps. Plus tard, il serait extrêmement riche, et ça lui ferait sûrement gagner du temps. Voilà au moins quelque chose que Tibère n'aurait jamais. Tibère était un sans-le-sou. Pas un franc derrière lui, et pas un franc devant. Tibère était un va-nu-pieds. Tibère avait fait son éducation tout seul, en grappillant. Magistralement peut-être, mais en grappillant. Tibère n'était même pas élève de l'École Française de Rome. Lui, Claude, y était entré facilement grâce à la recommandation de son père. Mais Tibère et Néron étaient restés à la porte. À eux deux, ils avaient juste réussi à décrocher une bourse de l'université, qui leur avait permis de suivre Claude en Italie, et qu'ils se partageaient. Mais Claude savait très bien que sa belle-mère donnait en plus un peu d'argent à Tibère, comme quand il était petit. Ça crevait les yeux. C'était à

17

se demander pourquoi il adorait ce type qui l'énervait tellement. Il n'avait jamais pu s'en passer. Et quand ils avaient formé ce «triumvirat», au tout début à l'université, quand ils avaient connu David – Néron –, c'était devenu encore pire, indissoluble, sacré. David était déjà complètement frappé à dix-neuf ans, ce qui n'avait rien arrangé. Il avait trouvé merveilleux que Claude portât de naissance le prénom d'un empereur romain. Il disait que ça lui allait bien, à cause, déjà, de ses errances avec les femmes. «Heureux s'il eût pu gouverner sa maison comme il gouverna l'Empire!» déclamait-il à tout bout de champ dès que Claude lui présentait une nouvelle amie. Après quoi, David avait tout naturellement appelé Thibault «Tibère», et lui-même «Néron», «à cause de ses mauvais instincts». Et cette histoire les avait emprisonnés tous les trois dans la même famille. C'était devenu inévitable. Ça avait fait un vrai drame quand il s'était agi que Claude parte deux ans à Rome sans les deux autres. Même Laura, depuis des années maintenant, en avait oublié le véritable prénom de Tibère : Thibault, c'est pourtant joli, comme prénom.

Tibère avait profité du silence pour se remettre au travail.

— Tu ne m'écoutes pas, dit Claude.

— J'attends que tu parles.

— J'ai reçu une lettre de mon père. Il arrive demain à Rome. Affaire pressante, écrit-il.

— Tiens, qu'est-ce qu'Henri vient foutre à Rome? Il n'y vient jamais quand il fait chaud.

— Il me donne bien sûr une petite explication, qui vaut ce qu'elle vaut, mais il est évident qu'il vient pour moi, pour me faire la leçon, pour me remettre sur les rails de l'honneur familial. C'est insupportable. Est-ce que tu crois qu'il a pu apprendre quelque chose pour cette fille qui était enceinte?

— Je ne pense pas.

— Tu ne lui as rien dit?

— Voyons, mon ami…

— Excuse-moi, Tibère. Je sais que tu n'as rien dit.

— Qu'est-ce que t'écrit Henri ?

— Il dit qu'il a eu entre les mains un petit Michel-Ange inédit. Il soupçonne le truc d'avoir été volé dans un fonds d'archives inexploré et il a pensé à la grande Vaticane. Ensuite, il a appelé Lorenzo à ce sujet, parce qu'il pense que, travaillant au Vatican, il a pu surprendre un trafic, si trafic il y a. Lorenzo a interrogé Maria, qui n'a rien remarqué de spécial à la Bibliothèque ces derniers temps. Là s'arrête toute l'histoire. Et malgré tout, alors qu'il a horreur de se déranger pour des vétilles, il débarque à Rome pour « voir ça de plus près ». En plein mois de juin. C'est insensé.

— Peut-être n'a-t-il pas tout dit, peut-être a-t-il une piste solide, des doutes sur un de ses anciens collègues. Peut-être veut-il étouffer l'affaire en personne ?

— Et pourquoi ne m'aurait-il rien dit, en ce cas ?

— Pour que tu n'affoles pas le gibier en allant raconter ça partout.

Claude se renfrogna.

— Ne le prends pas mal, mon ami. Tu sais bien qu'après trois verres, un attendrissement général t'entraîne avec une indulgence sans discernement dans un monde meilleur, où tu trouves soudain toutes les femmes désirables et tous les hommes charmants. C'est ta tendance. Henri prend peut-être simplement ses précautions.

— Alors tu ne crois pas qu'il vient pour me reprendre en main ?

— Non. Est-ce que Lorenzo sera chez Gabriella ce soir ?

— Normalement, oui. C'est vendredi.

— Appelle-la. On passera saluer notre ami l'évêque et on en saura peut-être un peu plus. Dis-lui qu'on dînera chez elle.

— C'est vendredi, il va y avoir du poisson.

— Tant pis.

Claude sortit et revint aussitôt.

— Tibère ?

— Oui?

— Tu penses que je n'aurais pas dû laisser tomber Livia?

— Ça te regarde.

— Est-ce que tu sais que je me perdrai par les femmes?

— Pourquoi? Parce que l'empereur Claude s'est fait ridiculiser par sa troisième épouse et assassiner par sa quatrième?

Claude rit. Il tira la porte et souffla par l'entrebâillement :

— Quatrième femme qui n'était autre que la mère de Néron. Ne le néglige pas.

Tibère courut à la porte et cria dans le couloir :

— Néron qui tua sa mère en récompense du trône, ne l'oublie pas.

5

— Gabriella est rentrée, monseigneur, dit la gardienne
en fléchissant les genoux.

— Elle est seule ?

— Ses trois amis viennent d'arriver, monseigneur.

L'habit de Mgr Lorenzo Vitelli formait un contraste
embarrassant avec la cage d'escalier pourrie de cet
immeuble du Trastevere. Lorenzo Vitelli ne s'en sou-
ciait nullement. Personne dans la maison n'aurait
d'ailleurs songé à lui reprocher de manquer ainsi à son
rang. Tout le monde savait que l'évêque avait Gabriella
à charge morale depuis qu'elle était enfant, et qu'il
l'avait aidée sans relâche et sans jamais chercher à la
contraindre d'aucune manière. Sous l'ombrage impo-
sant de son protecteur, Gabriella avait d'ailleurs acquis
une indépendance remarquable. On avait raconté qu'il
l'entraînerait dans les voies religieuses, mais monseigneur ne le lui avait même pas suggéré. « Il ne m'ap-
partient pas de contraindre les âmes, avait dit Lorenzo
Vitelli, et celle de Gabriella me plaît comme elle est. »
L'évêque aimait bien les soirées passées chez Gabriella
avec Claude, Tibère et Néron, Tibère surtout, qui lui
plaisait.

Au début, il avait eu des préventions contre Claude,
le fils de son vieil ami Valhubert, mais le jeune homme
l'avait finalement touché. C'est avec Néron qu'il avait eu
le plus de difficultés : un visage mou, un esprit sans

principes en ébullition volontaire et étudiée, un provo-
cateur-né. Au début, pressé par Henri Valhubert, il avait
surtout aidé Claude dans ses études, et maintenant il
pilotait régulièrement les trois garçons dans les recoins
de la Vaticane. Depuis plusieurs années, l'évêque avait
été largement dégagé des obligations de son diocèse et
appelé au Vatican, où son exceptionnelle compétence
de lettré et de théologien l'avait rendu indispensable
tant à la grande bibliothèque qu'auprès du collège des
cardinaux. Peu de choses ayant trait à la Vaticane
échappaient à la connaissance de Vitelli, qui y avait
d'ailleurs installé son cabinet de travail. Pourquoi Henri
venait-il si brusquement à Rome ? Ça n'avait pas de
sens.

— Mais qu'est-ce que tu faisais ? demanda Gabriella
en l'embrassant. On t'attend depuis des siècles.

— Préparation d'une visite officielle au Vatican, ma
chérie, répondit l'évêque.

— Monseigneur, dit Tibère en lui serrant la main, l'ouvrage que vous m'avez indiqué va au-delà de mes espérances. J'y suis plongé depuis trois jours. Il y a pourtant
quelques locutions latines que je ne comprends pas. Si
vous pouviez…

— Passe me voir demain. Non. Si tu es à la Vaticane,
c'est moi qui passerai te voir, dans la grande salle. J'en
profiterai pour inspecter encore une fois l'état des
archives. Tu es au courant de cette histoire, Claude ?

— Plutôt, gronda Claude.

— Ça n'a pas l'air de te faire plaisir.

— Je me méfie de mon père. C'est vrai, cette histoire
d'un Michel-Ange volé ?

— Doucement, Claude, dit l'évêque. Rien ne dit qu'il
ait été volé. Mais ton père a l'air d'avoir une idée, probablement plus précise qu'il ne veut bien l'admettre,
pour le pousser à faire ce séjour. Jeune, il souffrait déjà
de la chaleur de Rome.

— Ton père vient à Rome ? interrogea brusquement
Gabriella. Comme ça ? Tout seul ?

22

— C'est tellement tragique qu'Henri Valhubert vienne à Rome ? questionna Néron d'une lèvre boudeuse. *sulky*

— Nullement, dit Vitelli. C'est Claude qui se crispe.

— Vous ne lui direz rien, monseigneur ? dit Claude. Au sujet de la fille, vous ne lui direz rien ?

— Claude, je reçois les confessions et je ne les colporte pas, serait-ce avec mon meilleur ami, dit Vitelli en souriant. Si tu savais tout ce que je ne dis pas, ta tête exploserait.

Plus tard dans la soirée, Claude revint à la charge.

— Il vous a écrit à vous aussi, monseigneur ? Vous ne pouvez pas me montrer sa lettre ?

— Même si je l'avais, Claude, je ne te laisserais pas la lire. Mais ne t'inquiète pas ainsi, il n'y a rien qui te concerne de près ou de loin. Ne peux-tu donc pas me faire confiance ?

— Quand arrive-t-il exactement ?

— Demain, par l'avion du matin. Il viendra me voir directement au Vatican. Ça ne m'arrange pas tellement, avec cette visite officielle sur les bras.

— Vous ne pouvez pas lui faire comprendre que ce n'est pas le moment ?

— Quand ton père a une idée dans la tête, tu sais qu'aucun pape au monde ne l'arrêterait. D'ailleurs, il est possible que son idée m'intéresse. Il passera te voir le soir même à l'École.

— C'est impossible ! cria Néron. Il y a une fête demain soir sur la place Farnèse ! Tout ce que Rome compte d'esprits sophistiqués et décadents y sera... Tu ne peux pas manquer ça, Claude !

— Je ne la manquerai pas, sois tranquille, dit Claude à voix sourde. Monseigneur, vous direz à mon père que son fils débauché est à la fête. S'il veut voir le spectacle, qu'il nous y rejoigne après tout. Sinon, je le verrai plus tard.

— Si tu veux, dit Vitelli en souriant.

L'évêque se leva, rajusta son habit, lissa sa ceinture. Tibère regarda sa montre. Lorenzo Vitelli partait toujours à onze heures.

— Mais tu sais, Claude, reprit-il, ton père est bien capable de venir à cette fête. Qui crois-tu donc défier ? Il y a des fois où je devine Henri bien mieux que toi. Tu vas trop vite en besogne. Toujours trop vite.

L'évêque parti, Claude alla chercher une bouteille, pour se décontracter, expliqua-t-il.

— Excuse-moi, Gabriella, mais des fois, ton Lorenzo me met à cran.

— Tout le monde te met à cran aujourd'hui, lâcha Tibère.

— Depuis combien de temps l'évêque Vitelli connaît-il ton père ? questionna Néron depuis le canapé où il s'était allongé.

De là, il tirait sur le bord de son œil gauche avec son doigt et voyait se détacher devant la lampe le profil intéressant de Gabriella.

— On te l'a déjà dit, dit Claude en se servant un verre. Tu en veux, Tibère ?

— Depuis quand le connaît-il ? répéta Néron.

— Je crois qu'il faut que tu recommences tout à zéro, Claude, dit Gabriella en souriant. Néron a tout oublié. Néron, cesse de tirer sur ton œil, c'est pénible à voir.

— Laura, commença Claude en se tournant vers Néron, tu sais qui c'est au moins, Laura ?

— Oui ! dit Néron en remuant un bras. Divine silhouette, engloutissant sourire...

— Bon, reprit Claude. Néron se souvient de Laura, c'est déjà quelque chose. Laura et l'évêque Lorenzo Vitelli sont des amis d'enfance. Tu suis toujours ? Ils ont poussé ensemble, n'importe comment, comme de l'herbe, dans la même rue délabrée de la banlieue de Rome.

— Est-ce qu'ils ont couché ensemble au moins ? demanda Néron.

— Salaud, dit Gabriella.

— C'est merveilleux. Il suffit d'agiter l'habit violet de l'évêque pour que Gabriella s'énerve instantanément. Pardonne-moi, ma belle. Prends-le comme un compliment : à presque cinquante ans, ton Lorenzo est encore parfait. Visage bien découpé, cheveux argentés. Parfait. Quelle pitié que la religion… Enfin, tant pis. Ça le regarde. Alors, Claude? Ils ont poussé ensemble, et puis après?

— Laura et Lorenzo Vitelli sont comme les deux doigts de la main, en tout bien tout honneur, que cela t'arrange ou non. Mon père a connu Lorenzo à Rome quand il n'était encore que coadjuteur. Il devait avoir moins de trente ans, et c'était un type déjà terriblement cultivé. Ils se sont entendus à merveille et Lorenzo a présenté Laura à mon père. Voilà. Et mon père a quitté Rome il y a dix-huit ans en emportant Laura. Voilà. Depuis, quand il vient à Rome, à la saison fraîche, il ne manque jamais d'aller le voir. C'est mon père qui a publié la majeure partie des ouvrages de Lorenzo sur la Renaissance. Tu comprends? Tu te souviendras maintenant?

— Pas sûr, dit Néron. Claude, tu bois tout seul. C'est très grave. Laisse-moi te faire un bout de conduite dans ta descente aux enfers.

— C'est gentil de ta part mais ne te dérange pas. Je trouverai bien mon chemin tout seul.

— J'insiste, Claude. Ça me fait plaisir. Je te poserai à la première station.

— Alors, tiens! dit Claude en lui lançant un verre. Et bonne route, Lucius Domitius Nero!

— Merci, Claudius Drusus. Tu es un frère.

Plus tard, Gabriella s'était endormie. Tibère rabattit sur elle les couvertures du lit et ferma les fenêtres du balcon. Il cala le bras de Néron sur son épaule et lui fit descendre les trois étages. Il eut moins de peine avec Claude qui était plus léger. Il les posa en bas comme deux sacs, remonta éteindre la lumière et fermer l'appartement, et traîna ses deux amis jusqu'à leur maison, de l'autre côté de la rive. De temps en temps, Néron essayait de dire quelque chose et Tibère lui disait de fermer sa gueule. Claude avait vraiment son compte. Tibère le lança sur son lit et lui retira ses chaussures. Il avait l'habitude. Comme il sortait de la chambre, Claude murmura :

— Laura, il ne faut pas, surtout...

Tibère se rapprocha vivement du lit.

— Quoi, Laura ? Quoi ? Qu'est-ce que tu veux lui dire ?

— C'est toi, Laura ? ânonna Claude.

— Oui, souffla Tibère. Qu'est-ce que tu veux dire ?

— Laura... il ne faut pas que tu t'inquiètes...

Tibère le secoua encore pour obtenir d'autres mots, mais cela ne servit à rien.

6

Tibère avait ôté sa chemise et se laissait chauffer au soleil. Il s'amusait à surveiller, de l'autre côté de la voie antique, le manège d'une femme qui passait et repassait derrière une stèle funéraire. Néron adorait cette promenade sur la via Appia, à cause des alignements de tombeaux qui hérissaient ses talus. Claude l'adorait à cause des prostituées qui campaient à leur ombre. Lui, Tibère, aimait les grosses quantités de grillons.

Claude et Néron étaient affalés dans l'herbe. Il y avait une bête sur la joue de Néron et Tibère frappa dessus.

— Merci, dit Néron. Je n'avais pas la force.

— Ça ne va pas mieux?

— Non. Et Claude?

— Claude ne répond même pas. Il a la tête en plomb.

— Qu'est-ce que tu fous torse nu?

— J'attire la jeune femme d'en face, dit Tibère en souriant.

— Pauvre imbécile, murmura Claude.

— Vous devriez vous excuser auprès de Gabriella, reprit Tibère. Vous avez été ignobles hier soir. De vrais porcs. L'élégance d'un tas de briques. Quel spectacle, bon Dieu! Et pour finir, ça s'écroule comme deux minables, collants, suants, informes. Deux boules crasseuses que je n'ai eu qu'à lancer dans l'escalier pour que ça arrive en bas tout seul. La boule Néron plus vite que la boule Claude parce qu'il est plus lourd.

— Ça va, Tibère, grogna Néron. Ne fais pas l'ange.

— Et aujourd'hui ça ne s'arrange pas, continua Tibère. C'est ce qu'il est convenu d'appeler un lendemain difficile. Deux paquets de linge sale excrétant l'alcool. La fille d'en face ne voudrait pas de vous pour tout l'argent de papa Valhubert.

— C'est à voir, murmura Claude.

— C'est tout vu, mon ami. Enfin moi, je m'en fous. Je bronze.

— Sain, garçon de ferme, forcené travailleur, renifla Néron avec dédain. Quelle horreur.

— Cause, Néron. Je raflerai ce soir des beautés romaines sous vos yeux de veaux à l'étable. Aucune concurrence en vue.

— Merde ! La soirée ! cria Claude en se dressant sur les coudes.

— Précisément, coupa Tibère. La fête décadente sur la place Farnèse. Et vous avez exactement quatre heures pour vous y préparer. Pas facile. Quatre petites heures pour vous transmuer de l'état de déchet en celui de séducteur.

— Merde ! répéta Claude en rattachant ses chaussures.

— Tu ne pouvais pas nous le rappeler plus tôt ? dit Néron.

— Mon ami, dit Tibère en se relevant, j'attendais de voir remonter vos corps à la surface. Il y a un temps pour tout.

— Pauvre imbécile ! gronda Néron, et Tibère éclata de rire en remettant sa chemise.

7

À la lumière molle des torches, le sombre palais Farnèse prenait une drôle d'allure. Tibère le regardait bouger en se laissant bousculer par la foule humide. Il avait dansé sans s'interrompre depuis trois heures et il avait les cuisses douloureuses. Il n'avait encore aperçu aucune créature renversante et il commençait à désespérer de la vie. Un verre dans chaque main, il cherchait ses deux amis qu'il avait perdus de vue depuis un bon moment. Il entendit soudain la voix de tribun de Néron qui déclamait que l'École Française brûlerait ce soir, que ce serait le palais Fournaise. Il y eut des hurlements de rire. Tibère leva les yeux au ciel. Un jour, ce cinglé de Néron finirait par foutre le feu quelque part, ça ne faisait pas de doute. Tibère l'attrapa par l'épaule.

— Dis-moi, l'amuseur public, tu n'as pas vu Claude ? Je viens de croiser son père. Il est là, il le cherche depuis une heure.

— Par là-bas, gueula Néron. Il est dans la petite rue, encadré de trois femmes faciles.

— Va le chercher, veux-tu ? Je retourne prévenir Henri.

Il y avait de l'agitation près des réserves de vin. On allait ramasser pas mal de corps demain matin. Tibère éleva ses verres au-dessus de sa tête et poussa pour se faire un passage jusqu'à Henri Valhubert.

Quelques minutes plus tard, il arrêtait violemment Claude qui arrivait en se recoiffant du plat de la main

— Ne va pas plus loin, Claude, je t'en prie, dit Tibère dans un souffle.

— Mon père est par là ?

— Ton père est derrière moi. Il est par terre. Il est mort.

Tibère jeta ses verres pour retenir Claude des deux bras.

— Aide-moi, Néron, appela Tibère en criant d'une voix cassée, Claude s'effondre.

8

Au lendemain matin, aux premières heures d'un dimanche, le ministre d'État Édouard Valhubert fit appeler en urgence son premier secrétaire.

— Avez-vous pu obtenir le premier rapport de la police italienne ?

— Il y a une demi-heure, monsieur le ministre. C'est plus grave que prévu.

— Allez fermer la porte. Dépêchez-vous.

Édouard Valhubert appliqua ses mains à plat sur son bureau, les bras tendus, bien écartés. Paul, son secrétaire, connaissait ce mouvement par cœur : rétraction, inquiétude, détermination. Le ministre Valhubert ne s'en faisait pas pour son frère qui venait de mourir. Il s'en faisait pour lui-même.

— Dépêchez-vous, Paul.

— Votre frère Henri Valhubert est décédé hier soir à onze heures et demie. On lui a fait boire une dose énorme de ciguë. Il est tombé en quelques secondes. Des témoins ont vu la chute. Mais personne n'a vu la main qui lui avait tendu le verre.

— De la ciguë ?

— La grande ciguë, oui. C'était une décoction très artisanale des fruits.

— Artisanale mais efficace. La grande ciguë, le poison des anciens Grecs, des condamnés athéniens. C'est la mort de Socrate, douce et rapide.

31

— La police n'aime pas le choix de ce poison. Ça a quelque chose de théâtral. L'hypothèse du suicide est complètement écartée. La ciguë a été mélangée à un cocktail très fort, et offerte à votre frère au cours d'une grande fête devant le palais Farnèse, qui comptait au moins deux mille personnes. La police a aussitôt placé en état d'arrestation provisoire votre neveu Claude Valhubert, que deux de ses amis essayaient d'emmener rapidement hors de la place avant l'arrivée de la police. Le jeune Claude s'était évanoui en voyant le corps de son père. Ses deux amis s'appellent Thibault Lescale et David Larmier. Ils étudient tous les deux à Rome avec votre neveu. C'est Thibault Lescale qui a parlé le dernier à Henri Valhubert. Il dit qu'il l'a quitté pour aller prévenir Claude que son père l'attendait, et selon lui, quand il est revenu, il y avait déjà un attroupement autour du corps. Il ne peut pas dire si Henri Valhubert avait un verre à la main quand il lui a parlé, mais il assure que lui-même en tenait deux, qu'il les avait toujours en revenant, et qu'il n'a donc pas pu en donner un à Henri Valhubert. La police ne veut pas tenir compte de cette argumentation qui lui paraît faible.

— Je ne vois pas qui sont ces deux jeunes gens.

— Le rapport précise qu'on les connaît mieux sous les noms de Tibère et de Néron.

— Ah oui ? Alors, je connais Tibère. C'est un protégé de mon frère, un orphelin ou quelque chose de cet ordre.

— Claude Valhubert avait reçu la veille une lettre de votre frère qui l'informait de sa venue à Rome. Henri Valhubert avait été saisi par hasard d'une affaire de vol de manuscrits italiens, et c'est cela qui l'aurait décidé à faire le voyage. Voici la copie de sa lettre à son fils.

Édouard Valhubert tendit une main pressée et observa la lettre, la maintenant assez loin de ses yeux.

— C'est bien l'écriture de mon frère, disgracieuse et prétentieuse. La raison de ce déplacement est curieuse, quand on sait qu'il fallait des motifs impérieux pour décider Henri à bouger durant l'été. Il n'a peut-être pas tout dit.

— Voici une autre lettre, plus longue, qu'il a adressée en même temps à Mgr Lorenzo Vitelli. C'est un…

— Je sais. C'est un vieil ami d'Henri et de sa femme. Un type noble et lucide, son opinion m'intéresse. Sait-on ce qu'il pense de tout cela ?

— Qu'Henri Valhubert devait en savoir un peu plus sur ce trafic qu'il ne voulait bien le dire, et que la chose devait le toucher d'assez près pour le déterminer à se déplacer lui-même. L'évêque l'a rencontré au Vatican dès le matin de son arrivée. Henri Valhubert était agité. Il n'est même pas passé à la Bibliothèque, et ils sont restés à parler dans le cabinet particulier de Mgr Vitelli pendant une heure et demie. Henri Valhubert n'a pas voulu déjeuner avec l'évêque, il a dit qu'il reviendrait. Même avec Vitelli, il est resté fermé et secret. Il s'est contenté de s'informer sur tous les récents passages de lecteurs assidus aux archives, et ils ont regardé ensemble le livre des consultations que Vitelli avait été chercher.

— Est-ce qu'Henri aurait pu soupçonner une de leurs connaissances communes ? Un ancien ami ?

Paul haussa les épaules.

— La police italienne a demandé officieusement à l'évêque Lorenzo Vitelli de mener une enquête au sein du Vatican, de surveiller les scripteurs qui s'occupent des archives, d'aller vérifier les fonds. Vitelli a accepté.

— Faites en sorte que mon neveu soit relaxé sur-le-champ, ainsi que ses deux amis. Cette arrestation est prématurée et ridicule, et elle est déjà très embarrassante pour moi.

— Il ne s'agit pas d'une arrestation, mais plutôt d'un contrôle prolongé. Ils étaient tout de même aux premières loges ce soir-là. Et les deux amis en question emmenaient Claude hors de la place.

Édouard Valhubert eut un geste impatient.

— Il n'empêche. Faites le nécessaire pour qu'on ne commence pas à parler de mon neveu. C'est un garçon difficile, capable de nous provoquer des ennuis avec la police italienne. Il faut intervenir et freiner publicité et journalistes. Ce serait désastreux. Je ne veux ça à aucun prix. Il faut écraser la chose sur place, Paul, et dès aujourd'hui.

— À moins de trouver l'assassin dans la journée, je ne vois pas comment. En plus, c'est dimanche.

— Vous ne me comprenez pas. Je m'en fous. Je me fous de l'assassin qui a tué mon frère. Je désire seulement qu'on n'en parle pas. Est-ce clair?

— Très. Envoyer là-bas la police française va aggraver les choses. Conflit d'autorité avec les Italiens, ce sera pire.

— J'ai pensé à Richard Valence, coupa Édouard Valhubert. Il est en ce moment en mission à Milan?

— C'est exact. Il dresse un rapport sur les formes d'action judiciaire contre le milieu.

— Très bien. On va déplacer Richard Valence. Ça paraîtra naturel puisqu'il est déjà presque sur les lieux. Et comme il n'est pas flic, il n'y aura pas d'affrontement. Valence saura comment faire. C'est un juriste de premier ordre. Je sais de plus qu'il aura la force de persuasion nécessaire pour se faire obéir sans coup d'éclat. C'est un homme qui ne recule pas et, surtout, qui ne parle pas.

— Certainement.

— Prévenez-le immédiatement. Qu'il quitte Milan pour Rome sur l'heure, mission spéciale. Qu'il prenne l'affaire en main, qu'il la résolve au plus vite et qu'il se débrouille pour que rien ne filtre hors des cercles autorisés. Dépêchez-vous, Paul, c'est très urgent.

— C'est déjà fait, monsieur le ministre. J'ai eu Richard Valence en ligne tout à l'heure. Il refuse.

— Qu'est-ce que vous dites?

— Il refuse.

Édouard Valhubert plissa les yeux.

— Richard Valence est votre ami, n'est-ce pas?

— D'une certaine façon.

34

— J'espère donc pour vous et pour lui qu'il sera à Rome dans deux heures. C'est une mission dont je vous rends personnellement responsable.

Édouard Valhubert se leva et ouvrit la porte à son secrétaire.

— En fait, je crois que c'est un ordre, ajouta-t-il.

9

Richard Valence laissait reposer le récepteur sur son épaule. Il fermait les yeux en écoutant de loin le grésillement de la voix de Paul.

— J'ai été assez clair ce matin, Paul, dit-il. Espérez-vous me faire changer d'avis ?

— C'est un ordre du ministre, Valence.

— Dites-lui d'aller se faire foutre. Je ne reçois pas d'ordres.

Paul serra ses doigts sur le téléphone. Il sentait bien que Richard Valence ne l'écoutait pas avec attention. Il devait faire autre chose en même temps, lire le journal ou répondre à son courrier. Contredire Valence était un truc éprouvant. Ce qu'il y avait de bien au moins avec le téléphone, c'était qu'il n'y avait pas besoin d'affronter son regard.

Paul fixa le plafond de son bureau.

— Vous avez tort, Valence. Grand tort. Vous allez vous mettre dans le plus sale guêpier de votre carrière.

Il entendit une exclamation. Il n'avait pas besoin d'être à Milan pour savoir l'effet que devait produire son acharnement sur Richard Valence. Paul pensa aux bestioles qui tournaient en bourdonnant autour du taureau noir, près de sa maison en Espagne. Il savait que c'était une pensée facile, cette affaire d'insectes et de taureau noir, mais il ne pouvait pas s'empêcher de l'avoir chaque fois qu'il parlait ainsi à Valence. Et à l'inverse, il ne pouvait pas s'empêcher de penser à Valence chaque fois qu'il allait voir ce taureau en Espagne. Le taureau s'appelle Esteban. Paul est amoureux de ce taureau et il n'aime pas l'idée qu'un jour Esteban mourra avant lui. Il faut qu'il y ait beaucoup d'insectes très insistants pour émouvoir Esteban. Au bout d'une heure peut-être de ce harcèlement, le puissant animal déplace son corps. C'est une lourde masse inquiétante. La ligne de ses vertèbres dessine son dos, et on voudrait pouvoir la suivre des doigts, pour voir. Mais à la dernière minute, la ligne de ce dos, ou le mouvement de son encornure, fait reculer. En fait, Valence fait reculer.

— Si vous n'acceptez pas cette mission sur l'heure, Valence, vous êtes foutu. Valhubert a été très clair.

— Ne me fatiguez pas avec ça, Paul, je saurai toujours m'arranger. Ce n'est pas la première mission que je refuse.

— Valhubert a l'intention de me rendre responsable de votre refus. Ce qui fait que vous saccagez ma carrière en même temps que la vôtre.

Valence rit brièvement.

— J'ai donc le droit de savoir, continua Paul. Pourquoi refusez-vous cette mission ?

Paul serra les mâchoires. Ça n'entrait dans les habitudes de personne de poser une question directe à Richard Valence. Valence pouvait décider de répondre comme il pouvait décider de ne plus jamais vous revoir, ça dépendait. Et de quoi ça dépendait, personne n'avait encore compris. Là, Valence ne disait rien, il ne faisait que respirer dans l'écouteur.

— Il n'y a que deux choses qui pourraient vous empêcher de prendre en charge cette enquête, reprit Paul. La première, c'est d'être mort. Est-ce que vous êtes mort, Valence ?

— Je crois que non.

— La deuxième, c'est d'être juge et partie.

— Précisément. Je connais la victime.

— Je suis navré. C'était un de vos amis ?

37

— Non. Je l'ai connu il y a très longtemps, il y a au moins dix-huit ans.

— Il y a dix-huit ans? Et vous appelez ça connaître la victime? Et son fils? Et sa femme? Vous avez aussi connu sa famille?

— Elle, je l'ai vue. Pour autant que je me la rappelle, c'est tout à fait le genre de femme éternelle. Je ne savais pas qu'il y avait un fils. Ce qui compte, Paul, c'est que je n'ai pas envie de me mêler de la mort de M. Henri Valhubert. Cela m'ennuie. Et pour une fois, je suivrai la loi : on ne se mêle pas d'une affaire criminelle si l'on connaît l'un des figurants, si peu que ce soit. C'est une question de déontologie, vous pourrez raconter ça au ministre.

— Ça ne tient pas, Valence.

— Je vais raccrocher, Paul, j'ai du travail. Prenez cette mission, vous vous en tirerez très bien.

— Non. Ce doit être vous et personne d'autre.

Valence rit.

— Vous êtes lâche, Valence. Vous saisissez le premier prétexte pour fuir une mission que vous craignez de ne pas réussir, parce que ça fait des années que vous n'êtes plus sur le terrain, au cœur des vrais crimes avec du vrai sang, et que vous vous distrayez loin de la scène à faire de la théorie et à produire des kilos de papier qui ne sont jamais collés par le sang. Cela vous dégoûte maintenant, vous n'êtes plus comme avant.

— Vous êtes un salaud, Paul, et un imbécile.

Puis Valence resta un moment sans rien dire. Paul tâchait de penser à Esteban.

— Horaire du train pour Rome?

— Dans trois quarts d'heure.

— Allez dire au ministre que je pars. Que je reviendrai dans quinze jours au plus tard avec l'affaire terminée. Que je reviendrai avec une valise pleine de sang, de viscères et de larmes et que je la viderai sur vos bureaux, et que j'en viderai assez pour vous faire vomir.

— Bonne chance, Valence.

Quand Paul reposa le téléphone, ses mains trem-blaient légèrement, non tant parce qu'il était arrivé à faire bouger Richard Valence, qu'à cause de la brutalité de la conversation. Ce type l'avait toujours attiré et rebuté. Il avait réussi à l'envoyer à Rome. Il n'y avait plus qu'à attendre cette valise de viscères. Valence était un homme de goût et il n'aimait pas les viscères. Paul n'aurait pas voulu être à sa place en ce moment.

10

L'inspecteur Ruggieri, qui avait dû relaxer Claude Val-hubert et ses deux amis en fin de matinée sur demande du gouvernement italien, avait décidé de faire une existence difficile au Français qu'on lui envoyait de Milan pour l'empêcher de faire son travail. Sitôt qu'on allait détecter quelque chose d'incorrect dans l'affaire, il faudrait tout écraser et dire qu'on n'avait rien trouvé, que l'homme avait été tué par erreur et qu'on en voulait sûrement à quelqu'un d'autre. Il faudrait aussi dire que la police italienne n'avait pas été capable de comprendre ce qui s'était passé et qu'on avait dû <u>classer</u> le dossier.

Mais l'homme qui se présenta dans son bureau n'était pas ce genre de type minable qu'il espérait affronter. C'était une grande figure pâle avec d'épais cheveux noirs, un corps massif, un regard remarquable où Ruggieri ne trouva aucune trace suspecte. Puisque c'était comme ça, Ruggieri se sentit obligé de changer un peu d'avis. Il y aurait peut-être moyen de passer avec lui un contrat d'aide loyale.

— Quelles sont les charges contre Claude Valhubert ? demanda Valence après que Ruggieri l'eut installé face à lui.

Ruggieri fit la moue.

— Aucune, en fait. De s'être trouvé là quand il ne fallait pas.

— Quel âge a le jeune homme ?

— Vingt-six ans. On sait qu'il avait peur de son père. Maintenant, bien sûr, il sanglote et il le réclame. En réalité, son père lui faisait la vie dure. Claude Valhubert est à l'École Française de Rome depuis presque deux ans, mais il n'arrive pas à marcher sur les brisées de son père qui, dit-on, y a laissé il y a quelque vingt ans de ça une trace lumineuse. J'ai cru comprendre qu'Henri Valhubert humiliait sans cesse son fils en le forçant à faire mieux. Il est arrivé des tas d'histoires à ce garçon depuis qu'il est à Rome. Scandales nocturnes, états d'ivresse, et des ennuis avec des filles. <u>Il n'aurait pas fallu que Valhubert père l'apprenne.</u>

— C'est tout pour Claude ?

— Oui.

— Ses amis ? Ceux qui l'emmenaient hors de la place le soir du meurtre ?

— Très liés à lui, jusqu'à l'avoir suivi à Rome. Entre eux trois, il y a quelque chose qui sort de l'ordinaire, une amitié un peu aliénante, si j'ose dire.

— Âges et situations ?

— Thibault Lescale, dit « Tibère », a vingt-sept ans. David Larmier, dit « Néron », en a vingt-neuf. Aucun des deux ne fait partie de l'École Française. Ils ont accompagné Claude et ils étudient en francs-tireurs, en se partageant une bourse d'université. Brillants, à ce qu'on m'a dit.

— Mgr Lorenzo Vitelli ?

— Nous l'avons chargé d'une partie de l'enquête côté Vatican. Il nous est difficile d'intervenir brutalement au Vatican. Sa surveillance, menée de l'intérieur de l'État où il a ses entrées, sera indispensable. On a fait valoir le danger où se trouvait Claude Valhubert pour le décider à nous aider.

— Comment avait-il connu Henri Valhubert ?

— Mgr Vitelli est le plus ancien ami de sa femme, Laura, presque son frère. C'est par lui qu'il l'a connue à Rome, il y a plus de vingt ans. Quand Valhubert a envoyé son fils à l'École Française, il a naturellement

41

demandé à Lorenzo Vitelli, qui est un lettré de renom, d'aider son garçon. Et qui prend Claude Valhubert prend Tibère et Néron avec. C'est un lot. J'ai l'impression que l'évêque s'est mis à apprécier les trois garçons. C'est tout de même bizarre pour un homme d'Église, parce qu'ils ont des côtés un peu spéciaux.

— Est-ce que ces trois garçons spéciaux ont des alibis qui tiennent le coup ?

— Justement, non. Ils ne sont pas de ceux qui regardent leur montre pendant une fête, ou bien qui savent où ils se trouvent à tel moment précis de la journée. Ils sont plutôt du genre à improviser leur existence.

— Je vois. Et l'évêque a-t-il un alibi ?

— Monsieur Valence, monseigneur n'a pas besoin d'alibi.

— Répondez à ma question d'abord.

— Aucun alibi non plus.

— Parfait. Qu'est-ce qu'il faisait hier soir ?

— Il travaillait chez lui, dans un petit palais de la ville qu'il partage avec quatre confrères. Les autres prélats étaient couchés. Tibère l'a réveillé ce matin pour le mettre au courant du drame et pour qu'il nous apporte la lettre que lui avait envoyée Henri Valhubert.

— Donc, aucun alibi pour ces quatre-là, ce qui les innocente pratiquement d'emblée. Quand on prépare un crime comme celui-ci, on s'arrange pour s'organiser une défense sérieuse et convaincante. Tous les meurtriers que j'ai connus qui ont eu le sang-froid de préparer et d'utiliser du poison avaient des alibis en ciment. C'est cela que nous devons rechercher, ceux qui ont des alibis sérieux et convaincants. Quoi d'autre ?

— Mme Laura Valhubert est prévenue. Elle sera à Rome ce soir pour l'identification du corps. Son beau-fils n'aurait pas été capable de supporter l'épreuve. Elle a demandé à le faire à sa place. Vous voulez connaître son alibi ?

— C'est indispensable ?

Ruggieri haussa les épaules.

— Après tout, c'est la femme du mort. Mais son alibi est… sérieux et convaincant. Elle était hier soir dans sa propriété près de Paris, c'est-à-dire à deux mille kilomètres de Rome. Elle a lu tard dans la nuit, et la gardienne le confirme. Elle l'a réveillée ce matin à midi. Il n'y a pas le téléphone là-bas, et nous avons mis du temps à la joindre. Personne ne savait qu'elle était partie à la campagne. Elle n'a pas bien réagi à la nouvelle de la mort de son mari, mais pas trop mal non plus. Disons que j'ai entendu pire.

— Ce qui ne veut rien dire.

— Claude Valhubert attend sa belle-mère comme le Messie, ajouta Ruggieri en souriant. Les trois garçons en semblent passionnés, ils en parlent entre eux. Qu'est-ce que vous dites de ça? Singulier, non?

Valence releva vivement les yeux et, il ne sut pas pourquoi, Ruggieri baissa les siens.

— C'est égal, bourdonna-t-il pendant que Valence se levait pour partir. Faites votre travail d'estompe de votre côté, cela vous regarde, vous et votre ministre. Ça ne me dérangera pas dans mon devoir.

— C'est-à-dire?

— Que si le jeune Claude est coupable, je le ferai savoir d'une manière ou d'une autre. Je n'aime pas les assassins.

— Et celui-ci est un assassin?

— Ça m'en a tout l'air.

— Je n'ai pas l'impression que nous ayons les mêmes méthodes.

— Protéger les assassins n'est pas une méthode, monsieur Valence. C'est un comportement.

— Et ce sera le mien, monsieur Ruggieri, si cela en vaut la peine.

11

En arrivant devant les murs du Vatican, Richard Valence s'arrêta pour téléphoner.

— Inspecteur Ruggieri ? J'ai besoin d'un renseignement : un jeune homme grand, chevelure sombre, visage très découpé, belle carrure, habillement recherché, marche les mains croisées dans le dos, ça vous dit quelque chose ?

— Veste noire ?

— Oui.

— Un anneau d'or dans l'oreille ?

— C'est possible.

— C'est Thibault Lescale, dit « Tibère ».

— Alors je vous préviens que cet empereur me suit depuis ma sortie des bureaux de police.

— Vous en êtes sûr ?

— Calmez-vous, Ruggieri. Il me suit, c'est certain, mais il n'y met aucune espèce de discrétion, au contraire. On dirait plutôt qu'il s'amuse.

— Je vois.

— Tant mieux, Ruggieri, parce que vous m'expliquerez. À plus tard.

— Où allez-vous, monsieur Valence ?

— Rendre visite à Mgr Lorenzo Vitelli. Je n'ai guère de temps à perdre et je crois pouvoir le trouver à son bureau même un dimanche. Je veux commencer par un figurant un peu extérieur à l'échiquier.

— Vous feriez mieux d'aller directement au centre du jeu.

— Là où ça saigne ? Il est toujours temps pour ça. Si vous courez sur l'animal, il s'enfuit ; si vous serrez une battue autour de lui, vous le ramassez. C'est un truc assez connu.

Ruggieri raccrocha sèchement. Valence était coopératif, il disait où il allait et il disait ce qu'il comptait faire, mais il était aussi chaleureux qu'un tas de pierres. Et Ruggieri, lui qui aimait les conversations longues, le temps perdu, les argumentations et les détours des démonstrations, enfin tout ce qui faisait le plaisir de la parole, prévoyait un contact douloureux avec cet homme économe de ses pensées et de ses gestes.

L'évêque Lorenzo Vitelli était en effet au travail et accepta de recevoir Richard Valence dans son cabinet particulier. Valence lui sourit en lui serrant la main. Il ne souriait pas à beaucoup de monde mais ce grand évêque lui plaisait. Il imagina fugitivement que s'il avait été plus jeune et tourmenté, il aurait peut-être désiré l'aide d'un homme de ce genre-là. Valence le regarda reprendre sa place derrière son bureau. Il avait des gestes lents, sans cette apparence crémeuse empreinte de discrétion qu'ont parfois les hommes de loi, les médecins et les gens d'Église, et qui peut être plus répulsive qu'apaisante. L'habit n'avait pas avalé son corps, et il n'était pas ennuyeux à regarder. C'était ça, l'ami d'enfance et d'adolescence de Laura Delorme, épouse Valhubert.

— On m'a averti du genre de mission qui vous amène à Rome, commença Lorenzo Vitelli. Connaissant la position d'Henri – celle de son frère j'entends – je m'attendais à quelque chose de cet ordre. J'imagine qu'Édouard Valhubert désire à tout prix maîtriser l'affaire ?

— Vous pouvez dire à n'importe quel prix. Il joue la sécurité de son portefeuille, et à travers lui, l'image de marque d'un gouvernement.

— Vous devez déjà en savoir plus que moi. Est-ce indiscret de vous demander où nous en sommes pour Claude Valhubert?

— Il vient d'être provisoirement relaxé, ainsi que ses deux amis, avec ordre de se tenir à disposition de la police et de ne pas quitter Rome.

— Comment ont-ils réagi aux interrogatoires?

— Je n'en sais rien. Vous êtes inquiet pour eux?

L'évêque resta quelques instants silencieux.

— C'est exact, dit-il enfin en tournant lentement son visage vers Valence. Vous n'allez peut-être pas le comprendre, mais il se trouve que je suis assez lié à ces trois garçons. Et je m'inquiète parce qu'ils sont imprévisibles. Ils peuvent se mettre brusquement à faire n'importe quoi. Il n'y a aucune raison pour que la police apprécie ce genre-là. Mais qu'attendez-vous de moi, au juste?

— Que vous me parliez d'eux. L'inspecteur Ruggieri trouve curieux qu'un homme comme vous les protège.

Lorenzo Vitelli sourit.

— Et vous?

— Moi, rien.

— Ils sont intéressants. Tous les trois ensemble, surtout. Ils constituent une sorte de bloc qu'on ne peut s'empêcher de vouloir comprendre. Claude, continua-t-il en se levant, est le plus long à aimer des trois. Quand Henri me l'a pour ainsi dire confié, il y a presque deux ans, j'ai eu des préventions contre lui. Son agressivité sautillante m'a exaspéré. Ensuite je l'ai apprécié. Quand sa fébrilité s'apaise, il devient séduisant, réellement. La première fois, vous le trouvez désagréable, et peu à peu, vous le trouvez vrai, attachant. Comprenez-vous? Ça n'allait pas facilement avec son père. Il était affolé depuis deux jours à l'idée de le voir arriver à Rome. La police a dû vous dire que Claude s'est fait un peu remarquer ici. Mais de toute façon, il n'est pas de taille à faire du mal, et je le regrette, dans un certain sens. Quand j'ai pris Claude, j'ai dû prendre avec, de gré ou de force, les deux colis qu'il apportait dans ses bagages, Tibère et

46

Néron, Lescale et Larmier, si vous préférez. Néron est un amoral exalté, capable d'absurdités déconcertantes. J'avoue prendre quelque plaisir à le regarder faire dans la vie, alors qu'en conscience, je ne devrais pas. Tibère est de loin le plus beau des trois. Il a un esprit prodigieux, et c'est celui que j'aide le plus dans ses études alors qu'il en a bien sûr le moins besoin. Il aurait dû être odieux, avec tout ça, mais c'est l'inverse. Il offre tranquillement une sorte d'innocence princière, que je n'ai pas croisée souvent. Mais c'est ensemble qu'il faut les regarder. C'est là qu'ils donnent toute leur mesure. Que pensez-vous de cette description ?

— Flatteuse.

— J'ai des excuses. Ils sont rivetés les uns aux autres de façon assez rare.

— Au point de commettre un meurtre pour s'entraider ?

— Théoriquement, oui. En réalité, non. Ou bien c'est que je ne comprends rien aux hommes et que cet habit est bon à jeter.

— L'inspecteur Ruggieri se méfie de Claude Valhubert.

— Je le sais. Et moi, je me méfie de la méfiance des policiers. Et vous, qu'allez-vous penser de Claude ?

— Moi, je pense déjà à quelque chose d'autre. Et ce Michel-Ange ?

L'évêque se rassit.

— Il est possible qu'Henri ait découvert quelque chose, dit-il. En fait, j'en suis presque certain. Il avait hier matin le comportement d'un homme qui sait quelque chose d'un peu trop grand pour lui seul. Chez ceux qui viennent me voir d'habitude, ce genre d'état tourne rapidement à la confession, au moment exact où je le pressens. Mais pas chez Henri. C'est un homme qui voulait toujours tout faire tout seul. Ce qui fait qu'il ne m'a rien appris de précis, sinon me faire percevoir sans le vouloir cet état de confession imminente.

— Qui s'occupe de la section des archives à la Bibliothèque ?

— En principe, c'est Marterelli. En réalité, il est sans cesse en déplacement et c'est Maria Verdi qui le remplace avec l'aide du scripteur Prizzi. Elle est ici depuis au moins trente ans, on ne compte plus, peut-être depuis deux cent cinquante ans.

— Elle fait bien son travail ?

— Elle est immobile et pieuse, dit Lorenzo Vitelli avec un soupir, on ne peut jamais rien trouver à lui reprocher.

— Ennuyeuse ?

— Très.

— Vous semblez penser à quelque chose.

— C'est possible.

— À quoi ?

L'évêque eut une grimace. Ce rôle nouveau de délateur où cette enquête le plaçait commençait à l'embarrasser.

— Si vous souhaitez aider Claude Valhubert… suggéra Valence.

— Je sais, je sais, dit Vitelli avec impatience. Mais ce n'est pas toujours facile, figurez-vous.

Valence resta silencieux en attendant que Vitelli se décide.

— Très bien, reprit l'évêque d'une voix un peu rapide. Je vais vous dire à quoi je pense. Soyons clairs : je vous donne cette information, que j'ai tue à la police ce matin, parce que votre charge ici est officieuse. Si cela vous amène à quelque chose d'intéressant, vous êtes libre d'avertir Ruggieri. Dans le cas contraire, vous l'oubliez, et de mon côté, je tâche de trouver des excuses à ma suspicion. Vous me comprenez ? Peut-on s'arranger ainsi tous les deux pendant cette affaire ?

— Ça me convient, dit Valence.

— Bien. Avant de me quitter, vers midi, Henri a demandé à téléphoner. Il l'a fait devant moi, avec une impatience que je lui connais bien. Il a appelé un de nos plus anciens amis communs, qui traite à Rome des mêmes affaires qu'Henri à Paris : l'édition d'art.

— Quel est son nom ?

— Pietro Baldi. Plus jeune, il était charmant mais l'argent ne l'a pas arrangé. Son intelligence est… moyenne, il s'en rend compte et il tente de compenser cela par des moyens plus ou moins sympathiques. Pietro est un habitué de la Bibliothèque, il y a ses entrées depuis vingt ans.

Lorenzo Vitelli parlait à voix de plus en plus basse. La honte sans doute, pensa Valence.

— Il y a autre chose, dit Valence.

— C'est vrai, soupira l'évêque. Un peu alerté après le départ d'Henri, j'ai repris en détail les ouvrages récents qu'a fait paraître Pietro Baldi, page après page.

Vitelli se leva, tira un livre de sa bibliothèque, le feuilleta et le posa ouvert devant Valence.

— Regardez vous-même, dit-il.

— Qu'est-ce qu'il faut voir ?

— Ce petit <u>croquis</u> du Bernin, à gauche. « Collection privée. Anonyme. » Ce Bernin, j'ai l'impression, moi, de le connaître. Je crois même l'avoir vu ici, à la Vaticane, quand je préparais il y a quinze ans mon volume sur le courant baroque. Mais je n'en suis pas sûr, pas sûr du tout, vous comprenez.

— Et quel intérêt y aurait-il à publier un document volé ?

— C'est le milieu de l'édition d'art, la concurrence. Baldi s'est fait une réputation pour ses trouvailles, ses inédits, son illustration originale. Ça lui rapporte de l'argent. Vous voyez ? C'est très embarrassant. Je ne suis guère à l'aise dans cette enquête.

— Mais il y a les trois « empereurs ». Vous souhaiteriez les mettre à l'abri.

L'évêque sourit.

— Il y a les trois, en effet, et il y a aussi la Vaticane. Pour tous ceux qui ont vraiment pratiqué cette vénérable bibliothèque, l'idée que ses entrailles secrètes puissent se vider peu à peu n'est pas tolérable. C'est comme si on ouvrait votre ventre à vous. C'est une maladie, cette Vaticane. Demandez à Maria Verdi, vous verrez ça. Mais ne restez pas trop longtemps avec elle, vous mourrez d'ennui.

12

Richard Valence souriait encore en regagnant son hôtel. Depuis qu'il était arrivé à Rome ce matin, il n'avait pas eu le temps de s'installer. De sa chambre, il appela son collègue à la chancellerie. Allongé sur son lit, il attendait avec lassitude d'entendre la voix mesurée de Paul, qui devait être sacrément soulagé d'avoir évité l'épreuve avec Édouard Valhubert.

— Ici Valence. Est-ce que le ministre est calmé?

— Ça marche, dit Paul. Et là-bas?

— Interrogez pour moi le ministre sur son emploi du temps d'hier soir.

— Vous êtes fou, Valence? C'est comme ça que vous écrasez l'affaire?

— C'est le frère de l'assassiné, non? Et si j'ai bien compris, Henri laisse à son frère un legs plutôt substantiel. Édouard Valhubert n'aurait-il pas joué ces derniers temps avec l'argent de l'État? Besoin pressant d'argent? Fausses factures? Où était-il hier soir?

— Valence, cria Paul, vous êtes là-bas pour écraser!

— Je sais, je sais. Pourtant, je ferai exactement ce que je veux.

— Assez, Valence! Quelqu'un pourrait surprendre cette conversation grotesque!

Richard Valence rit.

— Vous vous amusez à vous foutre de moi, c'est ça, Valence?

— C'est ça, Paul.

— Et sa foutue femme éternelle ? Elle est arrivée ? Vous l'avez vue ? Ça lui a fait quoi d'être débarrassée de son mari ? Savez-vous au moins qu'elle allait se promener en Italie presque tous les mois ?

— Laissez tomber cette femme, Paul, dit Valence. Et interrogez tout de même le ministre, dit-il avant de raccrocher.

Il s'allongea et ferma les yeux. Il avait le temps d'aller rendre visite à cet éditeur, Pietro Baldi. Il avait l'impression que la piste était mauvaise. Il fallait qu'il y aille. Tout cela commençait déjà à le contrarier, par touches insensibles. Il s'accorda une demi-heure de repos.

13

Tibère monta l'escalier plus rapidement que d'habitude. Claude et Néron l'attendaient. Il était tard, ils n'avaient pas mangé, et ils avaient l'air assez ivres. Tibère claqua la porte, attrapa les deux bouteilles et les cassa contre l'appui de la fenêtre ouverte.

— Ce n'est pas le moment, imbéciles, dit-il.

— Tu aurais pu casser ça proprement, dit Néron. Tant pis. Est-ce qu'il y a du neuf ?

Tibère s'accroupit près de Claude et posa la main sur son épaule.

— Et lui ? dit-il. Comment va-t-il ?

— Il est saoul, dit Néron.

— Montre voir ta tête, dit Tibère.

Claude se tourna. Tibère l'examina et fit la moue.

— Il a pleuré toute la journée, c'est ça ?

— Il a réclamé son papa, dit Néron d'une voix molle.

— Et toi, cria Tibère, tu n'as rien imaginé de mieux que de le faire boire comme un trou pour le rendre encore plus triste ? C'est tout ce que tu as trouvé ?

Néron écarta les mains avec impuissance.

— Il a fait ça tout seul, tu sais.

— Tu as fait quelque chose d'utile aujourd'hui, au moins ? Tu as fait comme on a dit ?

— Parfaitement, Tibère. J'ai revêtu l'habit dégradant du légionnaire en maraude de taverne en taverne. J'ai

52

pisté mes victimes de rue en rue. Et, quoique gros, je ne me suis pas fait repérer.

— Et alors ?

— Alors Ruggieri a envoyé deux hommes du côté du Vatican, et il ne s'est rien passé d'autre. Toi, tu as suivi l'envoyé spécial ?

— Oui. Pas trop de raisons de s'alarmer pour l'instant. Mais attention, le type a l'air intelligent. Très.

— Très ? dit Claude.

— Très.

— À quoi est-ce qu'il ressemble ?

Tibère haussa les épaules.

— Une espèce d'inflexible, dit-il, je ne sais pas... Je ne suis pas très calé en inflexibles. Entre quarante-cinq et cinquante ans. Sûrement dangereux. Je ne sais pas si on pourra tenir longtemps contre lui. Mais en théorie, ce type-là est venu pour empêcher les vagues, pas pour en faire. Claude, tu sais ce qu'on va faire de toi ?

— Je ne sais pas, murmura Claude. Dès que je parle, j'ai des larmes qui sortent. Qu'est-ce qu'on va faire de moi ?

— On va te faire grossir, suggéra Néron.

Tibère écarta du doigt les mèches mouillées qui collaient sur le front de Claude.

— On va te mettre debout, on va te faire magnifique et on va aller chercher Laura.

— Laura... c'est vrai. Elle arrive...

— Lève-toi, empereur. Arrange ta veste. Elle sera là dans une heure, elle aura sûrement besoin de toi.

— C'est certain, dit Néron.

Claude se regarda dans une glace, essuya son visage, serra sa cravate.

— Tibère, est-ce que je peux y aller seul, je veux dire, est-ce que je peux y aller sans toi ?

— Il n'est pas empereur pour rien, dit Néron avec un sourire en regardant Tibère. Il connaît les coups bas pour évincer les rivaux et les conspirateurs.

— La vie des conspirateurs connaît parfois des revers, répondit Tibère en s'allongeant sur le lit. File, Claude.

Vas-y tout seul. Tu es très beau. Tes yeux brillent, tu es très beau.

Dès que la porte claqua derrière Claude, Tibère se releva sur un coude.

— Dis-moi, Néron, il a beaucoup pleuré ?

— Comme un veau.

— Qu'est-ce que tu penses de tout ça ?

— J'en pense du bien.

— Comment ça, du bien ?

— Tu devrais t'en douter, Tibère. Ça me plaît, toute cette turbulence pathétique, je n'y peux rien. Ça me fait plaisir, tu ne peux pas te figurer à quel point.

— Ça ne m'étonne pas de toi.

— Je ne le fais pas exprès. Je suis comme ça. Tiens, en ce moment, j'ai envie de battre des mains.

— Tâche de te contrôler.

— Trop tard, murmura Néron. La grande ciguë, sa tige fibreuse, tachée de rouge. C'est remarquable, tout de même.

14

Le garçon d'étage frappa à la porte de la chambre de Richard Valence.

— L'inspecteur Ruggieri souhaiterait vous voir, monsieur, dit-il. L'inspecteur vous attend en bas, à la réception.

— Si tard? Est-ce qu'il est seul? demanda Valence

— Non, monsieur. Il est avec deux autres policiers.

Valence fronça les sourcils et passa une veste. Il allait falloir que Ruggieri comprenne qu'il n'aimait pas qu'on le dérange quand il en avait décidé autrement.

Il vint à lui d'un pas rapide et lui serra la main sans dire un mot.

— J'ai pensé que vous aimeriez venir avec nous, dit Ruggieri.

Valence leva un sourcil pour dire « Où ça? »

— À l'hôtel Garibaldi. Mme Laura Valhubert est arrivée, et elle nous attend. C'est pour l'identification du corps, le plus tôt sera le mieux. Vous venez?

— Non.

Ruggieri considéra le visage fermé de Valence. Il tenait ses bras croisés, et il n'avait pas l'air agréable.

— J'avais cru que vous aimeriez constater ses premières réactions, continua Ruggieri.

— Vous vous trompiez. Pour le reste, je sais que vous me raconterez tout ça très bien. N'est-ce pas? ajouta-t-il en lui tendant la main.

Valence n'avait utilisé que trois minutes à se débarrasser des policiers mais malgré tout il se sentait agacé et dérangé. Il dîna dans sa chambre en essayant de travailler. Il finit par se lever brusquement et sortit pour marcher un peu.

Ruggieri avait raison, bien sûr. Il aurait dû les accompagner à la morgue. Il aurait dû veiller tout de suite à contrôler les réactions de la femme, et donner les premières consignes de silence. Au lieu de ça, il avait refusé d'y aller sans fournir d'explication à personne. C'est-à-dire, en fait, qu'il n'avait trouvé aucune explication à fournir. Assez mécontent, Richard Valence se décida à prendre à pas rapide le chemin de l'hôtel Garibaldi. Non, c'était idiot. Mme Valhubert et les flics devaient avoir quitté l'hôtel depuis longtemps. Ils devaient être à la morgue à présent. Il y rejoindrait sans doute Ruggieri à temps. Inutile de chercher une excuse pour sa conduite. Il avait perdu depuis très longtemps l'habitude de chercher des excuses. Valence arrêta un taxi.

Ruggieri observait Laura Valhubert pendant qu'un homme repoussait le drap qui couvrait le corps de son mari. Lui, il l'avait déjà vu, et il savait que le mort avait gardé la bouche ouverte, et qu'il était très pénible à regarder. Laura Valhubert avait voulu rester debout. Elle serrait ses bras contre elle, le menton baissé, contractant sa résistance. Ruggieri l'avait laissée allumer une cigarette bien que ce fût absolument interdit par le règlement. Il n'avait pas osé l'en empêcher. Il considérait avec attention le profil qu'elle découvrait de temps en temps en repoussant ses cheveux, il regardait la détermination assez provocante de toute son attitude, et il guettait en même temps la fragilité qui lui faisait serrer ses lèvres avec ses dents. Il n'avait pas trop su quoi lui dire. Il n'avait à peu près dit que des conneries, lui semblait-il. En fait, il se sentait impressionné par Laura Valhubert.

Elle examina le visage du mort et détourna la tête lentement.

— Entendu, c'est lui, dit-elle à voix grave. Est-ce qu'on en a fini ici ?

Elle écrasa sa cigarette au sol et en sortit une autre. Ruggieri la laissa l'allumer.

— Oui. Vous pouvez rentrer, dit-il. Nous verrons le reste demain. La voiture vous attend dehors.

Ruggieri secoua la tête, mécontent. « La voiture vous attend dehors », voilà ce qu'il avait trouvé à dire. Comme si la voiture pouvait l'attendre dedans.

Elle lui fit un signe de tête et quitta la salle à pas longs et incertains.

Resté seul, Ruggieri replaça machinalement le drap sur la tête du mort. Il fallait reconnaître que Laura Valhubert l'avait touché, il fallait bien le reconnaître. Non pas parce qu'elle était veuve et qu'elle était secouée, mais seulement par sa façon d'être qui était vraiment quelque chose. Il aurait bien voulu la réconforter en la prenant par l'épaule, ce qu'il avait fait par automatisme bien des fois en de telles circonstances. Ruggieri aimait les gestes, et surtout les gestes appuyés. Mais pour rien au monde il n'aurait osé faire un geste ce soir. Claude, Tibère et Néron qui attendaient cette femme comme le Messie. Le visage bouleversé de Claude à la gare, tout à l'heure, son explosion de larmes, la main de Laura dans ses cheveux et les paroles qu'elle lui avait chuchotées. Quelque chose comme : « On est là tous les deux comme deux cons maintenant, mon petit ange, qu'est-ce qu'ils ont fait à ton père ? » Bien sûr. Il comprenait mieux maintenant toute cette impatience autour de son arrivée. Peut-être bien qu'Henri Valhubert avait été tué pour un Michel-Ange volé, mais il n'empêche que sa femme avait dû provoquer des passions impossibles et qu'il allait sans doute falloir compter avec ça. Pour en avoir déjà essuyé trois et demie, l'inspecteur Ruggieri avait un faible pour les passions impossibles, en même temps qu'une légère nausée.

La porte claqua dans le silence et Ruggieri leva la tête. Richard Valence traversait la salle. C'était une salle carrelée où tout résonnait.

— Vous arrivez trop tard, dit Ruggieri. Elle vient de repartir.

— Réaction?

— De la raideur et un certain effroi. Corps tendu, équilibre chancelant, tremblement des doigts et des lèvres, voix rauque, deux cigarettes. Aucun défi, simplement un effort pour rester droite. Elle était très belle.

— Est-ce que ça a de l'importance? coupa Valence.

— À mon sens, ça en a une énorme, répondit Ruggieri avec brutalité.

— Ah oui?

Valence écarta le drap d'une main brusque. Ce visage était éprouvant à regarder.

— Des hommes ont dû devenir cinglés pour elle, dit Ruggieri.

— Et après?

— Après ils peuvent tuer.

Valence haussa les épaules. Ruggieri l'observait sans rien dire.

— Qu'est-ce qu'il y a, Ruggieri? Vous cherchez à voir si, moi aussi, ce visage horrible me fait trembler? Ça vous apprendrait quoi? Voici ma main, si ça vous amuse. Examinez-la aussi longtemps que ça vous plaira…

— Je vous en prie, monsieur Valence. On ne va pas jouer à ça entre nous. Vous êtes résistant, personne n'en doute.

— C'est une erreur, Ruggieri. Je suis détaché, c'est tout. Quant à Laura Valhubert, que ses doigts tremblent ou non ne change rien : cela ne fait que nous apprendre qu'elle n'est pas détachée. Mais il ne faut pas confondre l'émotion avec la fragilité, et la fragilité avec l'innocence. Vous comprenez, Ruggieri? Il arrive aussi que les loups tremblent.

— Pourquoi dites-vous tout ça?

58

— À titre général et parce qu'en l'espace de quelques minutes silencieuses, elle vous a déjà perturbé. Je vous mets en garde contre vous-même, c'est tout. Il s'agit d'un meurtre. Femme éternelle ou pas femme éternelle.

— Elle était en France, dit Ruggieri en durcissant le ton.

Ce n'était tout de même pas ce type débarqué du matin qui allait lui donner des leçons de vigilance sur les flics et les femmes éternelles.

— Je le sais bien, dit Valence en souriant. C'était théorique, rassurez-vous. Une démonstration au passage sur la vulnérabilité des enquêteurs.

— Si on s'en tenait là pour ce soir ?

— Juste un mot. J'ai eu des raisons de soupçonner un éditeur romain, peu importe son nom, un habitué de la Vaticane, d'avoir touché à des croquis inédits. J'ai été le voir en fin d'après-midi. C'est un gros, assez démoniaque. Mais je n'ai aucune raison de croire qu'il aurait pris personnellement des risques en volant à la Vaticane. Le dessin inédit qui m'inquiétait a été acquis légalement dans une collection privée, il m'en a fourni la preuve. Gardons toujours ça en mémoire, mais à mon sens, la piste n'est pas bonne. Cette histoire de manuscrit, ce n'est pas un coup pour un gros.

— Comment pouvez-vous dire des choses pareilles ? Ça n'a pas de sens.

— N'empêche.

— Vous tenez toujours pour l'hypothèse du voleur assassinant Valhubert pour sa sécurité ?

— Pour le moment. Et vous ?

— Moi, je vais me coucher.

Richard Valence rentra à pied parce qu'il se sentit tout d'un coup trop mal à l'aise pour prendre une voiture. Il refusa de se faire déposer par Ruggieri. Il en avait assez de Ruggieri. Ce soir, Rome lui semblait d'une tristesse sans fond, et il ne comprenait pas pourquoi. Il y avait dans sa tête des images confuses qui le faisaient souffrir, il ne pouvait pas les nommer, et donc pas les brider, et, surtout, il ne savait pas comment faire pour les enlever. Il arriva presque en courant à son hôtel. L'essoufflement sembla lui faire du bien. En se couchant, il allait mieux. Le lendemain, c'était fini.

15

Mgr Lorenzo Vitelli arriva tôt au Vatican. Quelque chose l'avait tracassé toute la nuit. La Bibliothèque était encore déserte, à l'exception de Maria qui avait déjà commencé à classer des fiches. Elle n'avait pas l'air en forme aujourd'hui, Maria. L'évêque inspecta les rayons et consulta longuement le livre des emprunts pour les derniers mois.

En revenant à son bureau, il appela Richard Valence. Un garçon lui répondit que M. Valence n'était pas encore descendu, est-ce qu'il fallait le réveiller?

— Non, dit Vitelli.

Si. Il aurait dû le réveiller. Il était déjà dix heures. Cependant il n'avait pas envie de tenter l'expérience. C'était absurde sans doute, mais Vitelli reposa le téléphone. Richard Valence avait il ne savait quoi qui le rendait redoutable, et, si Vitelli ne craignait nullement cet homme, il n'aimait pas non plus les violences inutiles. En dépit de cette gêne légère, Valence lui plaisait, lui plaisait beaucoup même. Il était surtout soulagé de pouvoir grâce à lui éviter d'en passer par la police officielle. Il ne s'imaginait pas se présentant chaque jour au bureau de police pour déposer sa délation quotidienne. Avec Valence, les choses avaient moins de crudité. Hier, au cours d'une entrevue avec quelques confrères, où l'on avait bien sûr débattu de ces vols, le scripteur Prizzi avait dit qu'il ne fallait pas avoir de scrupules dans cette affaire, et que se les exagérer outre mesure confinerait à une complaisance mortificatrice et flagellatoire, prélude à la prétention mystique. Le scripteur Prizzi avait des discours exténuants.

Vitelli réussit à joindre Valence vers onze heures. Est-ce qu'il pouvait venir le retrouver dès que possible au Vatican ?

Tibère entra dans son bureau au moment où il raccrochait.

— Tu pourrais tout de même frapper avant d'entrer, Tibère, dit l'évêque. Assieds-toi. Comment va Claude ?

Tibère fit la moue, longuement.

— Je vois, dit Vitelli.

— Je l'ai juste croisé ce matin. J'imagine que revoir Laura hier soir lui aura fait du bien. Vous ne croyez pas ?

— Parfois, quand on pleure à deux, c'est pire. Elle a repris la même chambre au Garibaldi ?

— Je crois.

— Tu penses qu'elle va avoir besoin de moi, ou qu'elle va préférer rester seule un moment ? J'avoue que je ne sais pas trop quoi faire.

— Moi, je vais aller la voir maintenant. Elle doit en avoir fini avec ses dépositions. Je vous appellerai pour vous dire si je l'ai trouvée distante ou tendre. Avec elle, on ne peut jamais prévoir d'un jour sur l'autre.

— Mais qu'est-ce que tu tiens à la main, Tibère ? demanda brusquement Vitelli en se levant.

— Ah oui. Le petit bouquin du XVe siècle. J'étais passé pour ça en fait, et j'allais oublier. C'est toujours cette locution latine qui m'échappe. Vous m'aviez dit que vous pourriez…

— Mais bon sang tu es fou, Tibère ! Fou, complètement fou ! Tu te promènes avec un incunable sous le bras ! Mais où est-ce que tu te crois ? Qui t'a laissé sortir avec ça de la Bibliothèque ?

— Maria et le scripteur Prizzi, monseigneur. Je leur ai

dit que je passais vous voir. Le scripteur était incapable de m'aider pour cette locution latine. Elle n'est pas facile, il faut dire.

— Mais c'est insensé! Est-ce que tu te rends compte que nous sommes en pleine enquête policière ici? Hein?

— Je n'y crois pas tellement, grommela Tibère.

— Eh bien tu ferais mieux d'y croire au lieu de t'occuper de ta locution latine! J'attends Richard Valence d'un instant à l'autre: qu'est-ce qu'il va s'imaginer à ton avis en te voyant promener négligemment un incunable comme s'il s'agissait d'un plan de la ville? Hein?

— Ce bouquin n'est pas rarissime, vous le savez comme moi. Et puis j'y fais attention. Je ne suis pas idiot.

— Quand bien même! J'aurai deux mots à dire à Prizzi et à Maria Verdi. Et toi, Tibère, écoute-moi bien: que tu te sentes ici comme chez toi, c'est une chose. Mais que tu considères la Vaticane comme ta bibliothèque privée, ça dépasse les bornes. File reposer cet ouvrage et envoie-moi Prizzi.

— Je l'ai suivi toute la journée hier, dit Tibère. Il soupçonne Pietro Baldi, notre éditeur respecté. Il a été le voir.

— De qui parles-tu, bon sang?

— Vous vous emportez, monseigneur.

— C'est toi qui me pousses à bout! De qui parles-tu?

— De Richard Valence. Je l'ai suivi hier pendant que Néron suivait les hommes de Ruggieri.

— Mais qu'est-ce qui vous prend?

— Ils s'occupent bien de nous, pourquoi est-ce qu'on ne s'occuperait pas d'eux?

— C'est Néron qui a eu cette idée idiote?

— Non, monseigneur, c'est moi.

— Tu me dépasses, Tibère. Je n'ai pas le temps aujourd'hui de m'occuper de toi, mais nous reprendrons cette discussion, crois-moi. File reposer ce bouquin, bon sang! On verra ta locution latine plus tard.

Lorenzo Vitelli regarda Tibère dévaler les marches dans le grand escalier de pierre. Tibère avait l'air de bien s'amuser. Qu'est-ce que ça avait de drôle?

— Des problèmes avec vos protégés, monseigneur?

L'évêque se retourna et sourit à Valence.

— Il s'agit bien de Tibère? Vous savez qu'il m'a escorté toute la journée hier?

— Oui, dit Vitelli d'un ton las. Il vient de me le dire, et il a l'air très content de lui. Je ne comprends pas... C'est odieux, vraiment.

— Ne vous en faites pas, monseigneur. Je ne vous tiens pas pour responsable des actes de ce garçon. Vous aviez quelque chose à me dire?

— C'est vrai. Je n'ai pas beaucoup dormi cette nuit. Une idée qui tournait. J'ai été vérifier ce matin aux archives. Certains cartons sont moins poussiéreux que d'autres, dans les rayons du fond, à gauche. Dans le livre d'emprunts, aucune consultation n'est indiquée qui concerne ces cartons. On ne les demande jamais. Je les ai ouverts : ils contiennent des choses diverses, plus ou moins répertoriées, très mélangées. On pourrait y trouver de tout. Les pièces me donnent l'impression d'avoir été récemment manipulées. Vous voyez, monsieur Valence, je crois qu'Henri avait raison. Il y a sans doute des vols à la Vaticane.

Valence réfléchissait, les mains jointes, soutenant son menton du bout des doigts.

— Avez-vous un plan de la Bibliothèque?

— Suivez-moi dans mon bureau. Le plan est là, dans ce tiroir, devant vous.

Lorenzo Vitelli regardait Richard Valence avec attention. Il ne se serait pas permis de le questionner, mais il était certain qu'une douleur violente avait passé sur ce visage il n'y avait pas longtemps. Ça n'y était pas hier. Valence était pourtant aussi impassible, aussi blanc et aussi solide. Les yeux avaient toujours leur brillance un peu déroutante, sans vacillement. Pourtant, Vitelli était certain de ce qu'il voyait : la trace rapide du doute qui passe, les remous de son sillage. C'était son métier, il savait reconnaître cela, cette petite onde de choc, mais il ne se serait pas attendu à la trouver chez un homme comme Richard Valence dont la puissance impavide semblait faite pour tenir le coup. *impassive*

— Il n'y a pas d'autre porte que celle-ci, que gardent Maria et les trois scripteurs ?

— C'est cela.

— Maria n'est pas toujours là ?

— Marterelli la remplace parfois. C'est un homme détaché, il sait à peine ce qu'est l'argent. Il ne pense qu'à l'histoire de la papauté, c'est sa passion exclusive. Ce serait absurde de le soupçonner. Les scripteurs Prizzi, Carliotti et Gordini sont à mettre hors de cause également tous les trois. Je ne vois pas ce qu'ils pourraient gagner à un tel commerce. Ils ont déjà du mal à dépenser ce qu'ils ont. Quant à Maria, je vous l'ai dit, elle est ici depuis trente ans, incrustée, agglomérée dans les murs de la Vaticane.

— Les lavabos de la grande salle donnent sur la salle des réserves ?

— Ils ne donnent pas. Il n'y a pas de porte.

— Mais il y a bien une petite fenêtre ?

L'évêque réfléchit.

— Oui, il y en a une. Petite mais peut-être suffisante pour passer. Seulement, elle est située à quatre mètres de hauteur. À moins d'emporter une échelle, je ne vois pas...

— Pourquoi pas une corde ?

— Ça ne change rien. Ces lavabos sont publics. On risque à tout moment d'être surpris. Ce passage est impraticable. Il faudrait s'y laisser enfermer la nuit...

— Est-ce possible ?

— Non. Certainement non.

— Il y a tout de même une chance sur mille pour que ce soit possible. On ne peut donc écarter d'office aucun des lecteurs qui fréquentent la grande salle, ce qui nous fait des centaines de suspects, les plus suspects d'entre eux étant bien sûr les acharnés de la section des archives.

— On ne progresse pas.

— Combien de personnes consultent régulièrement les archives ?

— Une cinquantaine à peu près. Je peux en établir la liste si vous voulez, essayer de les surveiller de plus près, engager la conversation sur ce sujet avec ceux que je connais bien. Encore que je ne dispose pas de beaucoup de temps.

— On peut toujours faire ça en attendant mieux. J'aimerais voir Maria Verdi.

— Je vous conduis.

Richard Valence avait de l'aversion pour les bibliothèques, parce qu'il fallait s'y abstenir de tout, de faire du bruit avec ses chaussures, de faire du bruit avec ses paroles, de fumer, de remuer, de soupirer, bref de faire du bruit avec sa vie. Il y avait des gens qui disaient que ces contraintes du corps favorisent la pensée. Chez lui, elles la détruisaient instantanément.

De la porte, il regardait Maria Verdi qui remuait des fichiers sans émettre un seul son, et qui vivait depuis trente ans comme ça, dans les murmures de cette vie retenue. Il lui fit comprendre par signes qu'il voulait lui parler, et elle l'emmena dans les réserves qui s'ouvraient derrière son bureau.

— Les réserves, dit-elle avec une fierté de propriétaire.

— Que pensez-vous de ces vols, madame Verdi ?

— Mgr Vitelli m'en a parlé. C'est affreux, mais je n'ai rien à dire là-dessus, je ne lui suis d'aucune aide. Vous imaginez que je connais bien tous les habitués des archives. Et je n'en vois aucun qui pourrait faire une chose comme celle-là. J'en ai connu un, il y a très longtemps, qui découpait les gravures au rasoir, dans la grande salle. On ne pouvait pas dire qu'il avait la tête à ça, mais on ne peut pas dire non plus qu'il avait l'air

66

tout à fait normal. Mais enfin, les têtes de ceci, les têtes de cela, qu'est-ce que ça veut dire au fond ?

— Le voleur est probablement à chercher parmi les connaissances d'Henri Valhubert. L'éditeur Baldi, par exemple.

— Il vient souvent. Impossible de le soupçonner. Il faut du courage pour agir comme ça, et je ne crois pas qu'il aurait le tempérament nécessaire.

— Claude Valhubert et ses deux amis ?

— Vous les avez vus ?

— Pas encore.

— La police les soupçonne ? Dans ce cas, elle perd vraiment son temps. Ils ne pensent pas assez aux archives pour avoir l'idée d'en voler. Ce sont des garçons délicieux, encore que Néron soit souvent embarrassant et bruyant.

— C'est-à-dire ?

— Irrespectueux. Il est irrespectueux. Quand il me rend un manuscrit, il le soulève à cinquante centimètres au-dessus de la table et il le laisse tomber d'un coup, exprès pour me rendre folle, j'imagine. Il sait bien que ça me met hors de moi. Mais il le fait tout le temps, et il dit à haute voix : « Voilà le papyrus, ma chère Maria ! », ou alors il dit : « Je te rends ce torchon, Maria-Sainte-Conscience-des-Archives-Sacrées ! », ou bien « Sainte-Conscience » tout court, ça dépend des jours, il y a des variantes, il en invente sans arrêt. Je sais bien qu'entre eux ils m'appellent comme ça : « Sainte-Conscience-des-Archives ». S'il continue ce genre de plaisanteries, je serai bien obligée de lui interdire les consultations. Je l'ai prévenu, mais il continue, il s'en fiche, on dirait. Et si je faisais ça, les deux autres seraient furieux.

Elle rit un peu.

— Surtout, n'allez pas raconter ces enfantillages. Je ne sais pas moi-même pourquoi je vous les raconte, d'ailleurs. Enfin, ils sont comme ça.

— Il faudrait resserrer votre vigilance, madame Verdi.

Éviter la moindre distraction qui permette au voleur de faire son coup. Vous arrive-t-il de laisser l'accès aux réserves sans surveillance ?

— Monsieur, avec les archives, les « distractions » ne sont pas autorisées. Depuis trente ans, aucun mouvement ne m'a échappé ici. De mon bureau, et même si je travaille, je vois tous les lecteurs. S'il se fabrique quelque chose de suspect, je le sens aussitôt. Il y a par exemple des documents qu'on ne peut feuilleter qu'avec des pinces, pour ne pas les tacher. Eh bien, si quelqu'un y pose un ongle, je le sais.

Valence hocha la tête. Maria était comme un animal spécialisé. Depuis trente ans, elle avait consacré l'énergie de ses cinq sens à veiller sur la Bibliothèque. Dans la rue, elle devait être aussi infirme qu'une taupe à l'air libre, mais ici, on voyait mal en effet comment on aurait pu échapper à sa perception.

— Je vous crois, dit Valence. Cependant, s'il se passait quelque chose d'anormal…

— Mais c'est qu'il ne se passe rien d'anormal.

Valence sourit et partit. Maria ne pouvait pas envisager qu'on vole à la Vaticane. C'était normal. C'est comme si on avait essayé de la déshonorer personnellement. Et comme personne n'avait l'air de songer à déshonorer Maria, personne ne volait à la Vaticane. C'était logique.

Il commençait à faire très chaud dehors. Valence portait un costume de drap sombre. Il y avait des Romains qui marchaient en tenant leur veste sur le bras, mais Valence préférait rechercher l'ombre plutôt que de se mettre en chemise. Il n'avait même pas déboutonné sa veste, c'était hors de question.

Il trouva Ruggieri les manches relevées jusqu'aux coudes, dans son bureau aux volets baissés. Les bras de l'Italien étaient maigres et moches, et il les découvrait quand même. Valence n'avait pas honte de ses bras, ils étaient solides et bien faits, mais ce n'est pas pour autant qu'il les aurait montrés. Il aurait eu la sensation de s'affaiblir en le faisant, d'offrir à ses interlocuteurs un terrain d'entente animale qu'il redoutait plus que tout. Tant que vous n'avez pas montré que vous avez des bras, personne ne peut être vraiment sûr que vous en avez, et c'est le meilleur moyen de tenir les distances.

Ruggieri ne semblait pas lui en vouloir pour hier soir à la morgue. Il le fit asseoir avec précipitation.

— On touche au but, monsieur Valence ! dit-il en s'étirant. On a trouvé quelque chose de fameux ce matin !

— Qu'est-ce qui est arrivé ?

— C'est vous qui aviez raison hier soir. Mme Valhubert m'avait un peu perturbé. Dommage tout de même que vous ayez raté son entrée à la morgue. Je n'ai jamais assisté à une entrée pareille dans un endroit pareil. Quel visage et quelle allure, nom de Dieu ! Rendez-vous compte que je ne savais même plus comment tourner mes phrases, alors que je ne suis pas d'une nature embarrassée, vous vous en êtes aperçu, j'imagine. Je n'oserais pas l'approcher à plus de trois mètres, sauf pour lui poser un manteau sur les épaules. Ou à moins qu'elle ne me le demande, bien sûr ! Et même là, monsieur Valence, même là, je suis sûr que je serais encore embarrassé, c'est incroyable, non ?

Ruggieri éclata de rire et rencontra le visage fixe de Valence.

— Et alors ? Elle vous l'a demandé ? dit Valence.

— De quoi ?

— De vous approcher d'elle ?

— Mais non !

— Alors pourquoi en parle-t-on ?

— Je ne sais pas, moi, comme ça

— Et vous avez envie qu'elle vous le demande ?

— Mais non. Ça ne se fait pas dans une enquête. Mais après l'enquête, je me demande si elle pourrait me le demander…

— Non.

— Non quoi ?

— Non, elle ne vous le demandera pas.

— Ah bon.

Ce type ne pouvait-il pas être comme tout le monde ? Énervé, Ruggieri s'échappa du regard posé sur lui et téléphona pour qu'on lui apporte un déjeuner. Puis il sortit une photo de son tiroir. Il fit beaucoup de bruit en refermant ce tiroir. On peut opposer du bruit à un regard, ça marche parfois.

— Tenez ! Une photo de Mme Valhubert à l'identification du corps… C'est assez réussi, non ?

Valence repoussa la photo de la main. Il s'énervait aussi. Il se leva pour partir.

— Vous ne voulez pas savoir ce qu'on a trouvé ce matin ? demanda Ruggieri.

— C'est capital ? Ou s'agit-il encore de vos étonnements amoureux ?

— C'est fondamental. Par curiosité, je me suis renseigné sur le cercle d'amis fréquenté par les trois empereurs. Parmi eux, il y a une fille, qu'ils voient tout le temps, et qui s'appelle Gabriella.

— Et alors ?

— Et qui s'appelle Gabriella Delorme. Gabriella Delorme. Et c'est la fille naturelle de Laura Valhubert, Laura Delorme, de son nom de jeune fille.

Ça ne se vit pas tellement, mais Valence accusa le coup. Ruggieri aperçut la pomme d'Adam monter et descendre sous la peau de son cou.

— Qu'est-ce que vous en dites ? sourit-il. Avez-vous envie d'une cigarette ?

— Oui. Continuez.

— Gabriella est donc simplement la fille de Laura Valhubert, et elle est née, de père inconnu, six ans avant le mariage de sa mère. J'ai vérifié tout ça à l'état civil. Laura Delorme a reconnu l'enfant, et elle l'a fait élever en maisons puis en pensions, plutôt aisées à vrai dire. Au moment de son départ pour Paris, Laura a confié la tutelle officieuse de la petite fille à un de ses amis prêtres qui a bien voulu l'aider.

— Prêtre devenu depuis Mgr Lorenzo Vitelli, j'imagine?

— Touché. Nous avons rendez-vous avec lui au Vatican à cinq heures.

Dérouté par l'impassibilité butée de Valence, Ruggieri tournait dans la pièce à grands pas.

— En bref, continua-t-il, Laura Delorme a eu cet enfant illégitime très jeune. Elle l'a caché tant bien que mal pendant six années, et, à l'occasion de son mariage inespéré avec Henri Valhubert, elle a chargé son fidèle ami de la relayer. Il est évident que Valhubert aurait cassé le mariage s'il l'avait appris, c'est normal.

— Pourquoi normal?

— Une fille qui accouche à dix-neuf ans d'un enfant sans père ne fait pas preuve d'un très haut degré de moralité, vous ne pensez pas? Ce n'est pas bon signe pour l'avenir en tout cas. On hésite naturellement à l'épouser, surtout quand on occupe la situation sociale de Valhubert.

Valence pianotait lentement sur le bord de la table.

— D'autre part, reprit Ruggieri, ça donne beaucoup à penser sur l'idée que se fait Mgr Lorenzo Vitelli d'une conscience chrétienne. Protéger cette fille et son enfant, et l'aider à dissimuler, des années durant, la vérité au mari, soi-disant son ami, c'est tout de même un peu spécial pour un prêtre, non?

— Lorenzo Vitelli ne donne pas l'impression d'être un prêtre ordinaire.

— C'est ce que je crains.

— C'est ce que j'apprécie, moi.

— Vraiment?

Comme Valence ne répondait rien, Ruggieri retourna à son bureau pour tâcher de le regarder bien en face.

— Est-ce que vous voulez dire qu'à la place de l'évêque vous auriez fait pareil?

— Ruggieri, essayez-vous de tester également ma santé morale, ou bien essayez-vous de résoudre cette affaire?

Décidément non, on ne pouvait pas fixer ce foutu regard. Valence avait les lèvres serrées, et son visage était figé. Quand il levait rapidement ses yeux clairs, il n'y avait vraiment plus qu'à prendre la tangente. Que ce type aille se faire foutre. Ruggieri reprit donc ses tours à travers la pièce pour pouvoir continuer à parler.

— En réalité, toutes les données de l'enquête se trouvent changées. L'affaire du Michel-Ange volé pourrait bien n'être en effet qu'un prétexte couvrant une intrigue beaucoup plus compliquée. Et vous et votre ministre allez avoir du mal à écraser tout cela, croyez-moi. Car supposons que Claude Valhubert ait été au courant du secret de sa belle-mère, ce que je crois, il aurait pu supprimer son père pour protéger Laura, pour laquelle il a une adoration. Une adoration bien compréhensible, d'ailleurs. Gabriella aurait pu le faire également.

— Pour quoi faire?

— Parce que, à la mort de son mari, Laura Valhubert, qui jusqu'ici ne possède aucun bien propre, hérite d'une fortune considérable. Il est clair que son beau-fils en bénéficiera, de même que sa fille qui pourra enfin sortir de l'ombre, sortir de sa cachette du Trastevere, sans crainte des représailles de son beau-père. Rendez-vous compte qu'Henri Valhubert formait un véritable couvercle sur son existence. Encore faudrait-il, bien sûr, qu'Henri Valhubert ait appris récemment l'existence de cette Gabriella, et que le reste de la famille l'ait su et se soit mis en état d'alerte. S'il avait décidé de divorcer à l'issue de cette découverte, c'en était fini de l'avenir tranquille pour Laura et Gabriella. Retour immédiat à la misère de la banlieue romaine. Mais il faudrait prouver qu'Henri Valhubert avait découvert ça.

— Je m'en occupe, dit Valence.

Ruggieri n'eut même pas le temps de lui tendre la main. La porte de son bureau se ferma violemment. Il décrocha le téléphone en soupirant et demanda à parler à son supérieur.

— Il y a quelque chose qui ne va pas avec le Français, dit-il.

16

Valence rentra rapidement à son hôtel et demanda qu'on lui serve son déjeuner dans sa chambre. Il avait mal aux mâchoires à force de tenir ses dents serrées les unes contre les autres. Il essayait de les libérer, en relâchant son menton, mais elles se resserraient toutes seules. Contrairement à ce qu'on croit, les maxillaires peuvent de temps à autre mener leur vie propre sans vous consulter, et cette insubordination n'a rien d'agréable. Comment Henri Valhubert aurait-il pu tout d'un coup découvrir l'existence de Gabriella ? La réponse n'était pas trop difficile à imaginer.

Assis sur le bord de son lit, il tira le téléphone jusqu'à ses pieds et trouva sans trop de mal le numéro d'appel de la secrétaire particulière d'Henri Valhubert. C'était une fille rapide, elle comprit ce que cherchait Valence. Elle dit qu'elle rappellerait dès qu'elle aurait les renseignements. Il repoussa du pied le téléphone. Dans une heure, ou deux peut-être, il aurait la réponse. Et si c'était comme il croyait, ça n'allait être agréable pour personne. Il passa ses doigts dans ses cheveux et laissa sa tête reposer sur ses mains. Accepter cette mission avait bien été une erreur, parce que, à présent, il n'avait pas envie d'étouffer cette affaire, bien au contraire. Il était pris d'un besoin de savoir qui le crispait d'impatience. Il n'avait pas envie de glisser furtivement la vérité qu'il pressentait entre les mains d'Édouard Valhubert. Il avait à l'inverse l'envie de dire ce qu'il savait, partout et en criant, de talonner cette enquête jusqu'au bout et de lui faire vomir ses turpitudes, avec du bruit très tragique, et avec des larmes bien trempées, et avec des viscères. C'était comme ça. Qu'est-ce qu'il avait qui n'allait pas ? Il se sentait violent et massacrant, et cela l'inquiétait. Ce désir de drame n'était pas dans ses habitudes, et son propre frémissement, mal contrôlé, l'exténuait. Il pouvait toujours essayer d'avaler quelque chose et de dormir avant de rejoindre Ruggieri au Vatican. Il aurait volontiers massacré Ruggieri.

L'évêque Lorenzo Vitelli regardait alternativement les visages de Ruggieri et de Valence qui s'étaient assis en face de lui. Ces deux-là n'allaient pas bien ensemble. La détermination trop sévère de Valence, l'aisance trop légère de Ruggieri, ni l'une ni l'autre ne devaient faciliter les choses entre ces deux hommes. En attendant, ils avaient l'air d'espérer quelque chose de lui.

— Si c'est pour la liste des lecteurs réguliers, commença Vitelli, je n'ai pas encore eu le temps de l'établir. J'ai une visite officielle sur les bras, tout le protocole à mettre en place, ça ne me laisse pas beaucoup de liberté pour votre enquête.

— Quelle liste ? demanda Ruggieri.

— Les habitués des archives, dit Valence.

— Ah, oui. On verra ça plus tard. Il s'agit d'autre chose aujourd'hui.

L'évêque se plaça d'instinct sur la défensive. Ce policier adoptait des allures conquérantes qui ne lui plaisaient pas, avec on ne sait quelle bonne conscience diffuse dont il n'espérait rien de bon.

— Il se passe quelque chose avec les garçons ? demanda-t-il.

— Non, il ne s'agit pas des garçons. Il s'agit d'une fille.

Ruggieri attendit que l'évêque réagisse, mais Vitelli le regardait sans rien dire.

— Il s'agit de Gabriella Delorme, monseigneur.

— Ah! vous en êtes déjà là, soupira Vitelli. Eh bien, qu'est-ce qui se passe avec Gabriella ? Elle vous tracasse ?

— C'est la fille naturelle de Laura Valhubert, conçue six ans avant son mariage.

— Et après ? Ce n'est un secret pour personne. La petite a été enregistrée légalement à l'état civil, sous le nom de sa mère.

— Un secret pour personne, sauf pour Henri Valhubert, évidemment.

— Évidemment.

— Et vous trouvez ça normal ?

— Je ne sais pas si c'est normal. C'est comme ça, c'est tout. J'imagine que vous attendez que je vous raconte l'histoire, c'est cela ?

— S'il vous plaît, monseigneur.

— Et est-ce que j'en ai seulement le droit ?

Vitelli se leva et tira un petit album de sa bibliothèque. Il le feuilleta en silence puis joua avec ses doigts sur sa couverture.

— Après tout, reprit-il, à présent qu'Henri est mort, je suppose que ça n'a plus tant d'importance. Ça n'en a même plus aucune. Il n'y a rien dans cette histoire qui interdise de la raconter. C'est simplement une histoire un peu triste, très commune surtout.

— C'est surtout l'histoire d'une naissance illégitime et d'une fille mère, monseigneur, dit Ruggieri.

Vitelli secoua la tête avec fatigue. Il se sentait brusquement désolé à l'idée du nombre de Ruggieri qui devaient courir partout à la surface de la terre. En ce moment même, il était sans doute en train de naître plusieurs milliers de Ruggieri qui emmerderaient tout le monde plus tard.

— Monsieur l'inspecteur de police, dit Vitelli en détachant ses mots, imaginez-vous qu'il faut regarder de très près avant d'appliquer brutalement les préceptes de la parole divine. Que croyez-vous qu'est la théologie ? Une cour d'exécution ? Que croyez-vous qu'est mon métier ? Chasseur de primes ?

— Je ne sais pas, dit Ruggieri.

— Il ne sait pas, soupira l'évêque.

Ruggieri avait ouvert un carnet et il attendait l'histoire. Ce que pouvait dire l'évêque lui était complètement égal, à part l'histoire de Laura Valhubert.

— Vous savez que je connais Laura depuis qu'elle est toute petite, elle avait quatre ans de moins que moi, commença Vitelli. On habitait dans la banlieue de Rome, dans des taudis jumeaux. On a passé dix années à parler ensemble le soir sur le trottoir. Dès quinze ans, la vie religieuse me tentait, mais Laura avait des projets tout à fait différents. Elle n'était d'ailleurs pas emballée par les miens. C'était devenu une plaisanterie entre nous. Je ne pouvais plus fumer une cigarette, ou prendre part à une bagarre de rue sans qu'elle me dise : « Lorenzo, je ne te vois pas curé, mais alors pas du tout. »

L'évêque rit

— Et peut-être n'avait-elle pas tort puisque M. Ruggieri ne m'y voit pas non plus, n'est-ce pas ? Pourtant j'y tenais, et j'ai commencé la prêtrise. Elle, pendant ce temps, était devenue belle, si belle que ça a fini par se voir et par se savoir. Il y avait sans cesse des hommes qui cherchaient à l'inviter pour sortir, des garçons du quartier, et également des garçons « de la ville », dont quelques très grosses fortunes. Laura me demandait toujours mon avis sur les nouveaux, ce que je pensais de leur visage, de leur corps, et à combien j'estimais leur héritage, à quelques milliers de lires près. On s'amusait beaucoup, le soir, toujours sur le même trottoir, à faire des comptes. Laura était plutôt distante, plutôt mordante, et elle jouait à la perfection de sa séduction lancinante et fuyante. Mais au fond, elle était impressionnée par la richesse. La moindre voiture un peu neuve lui faisait pousser des cris de joie. J'avais peur qu'un jour l'un des « héritiers » c'est le nom qu'on leur donnait, l'héritier A, l'héritier B, l'héritier C, D, E, F, etc. – ne profite de sa naïveté, qui était réelle. Il m'est arrivé de la mettre en garde. « Lorenzo, ne sois pas aussi curé », c'est tout ce qu'elle répondait.

— Combien d'« héritiers » gravitaient autour de Laura ?

— Je crois qu'on en était arrivés à la lettre J, petites fortunes comprises. Je me souviens très bien de F, qui avait bien failli arriver à ses fins, mais que son père avait rattrapé avant l'irréparable. Laura ne plaisait guère aux familles riches. Il n'empêche que l'histoire avec F avait été assez sérieuse pour faire sangloter Laura tout un mois.

— Vous ne pourriez pas vous rappeler leurs noms ?

— Certainement pas. Même Laura ne les connaissait pas tous.

— Est-ce que vous étiez jaloux ?

Vitelli soupira. Des milliers de Ruggieri qui devaient être en train de parcourir le monde. Des imbéciles à chaque recoin de la terre.

— Monsieur Ruggieri, dit-il avec une légère impatience en se penchant vers lui, les mains passées dans la ceinture de son habit, si vous êtes en train de me demander si j'aimais Laura, la réponse est oui. Elle reste oui aujourd'hui, au moment où je vous parle, et elle restera oui pour demain. Si vous êtes en train de me demander si j'étais amoureux de Laura, la réponse est non. Vous êtes bien entendu en train de penser que je vous mens, et qu'il n'est pas naturel que le jeune homme que j'étais n'ait conçu qu'une affection fraternelle pour une fille comme Laura. Je suis donc contraint de vous rassurer tout de suite en vous apprenant qu'à l'époque j'étais amoureux d'une autre femme. Oui, monsieur l'inspecteur. Et il s'en est fallu de très peu que je laisse la prêtrise pour elle, mais les choses n'ont pas tourné ainsi. Je suis resté dans les ordres. Vous pourrez vous renseigner à votre aise si ça vous tente, je ne me cache pas de cette histoire. Subir l'amour me paraît d'ailleurs une épreuve indispensable quand on veut ensuite se mêler de conseiller les autres. Puis-je à présent continuer l'histoire de Laura ?

— Je vous en prie, marmonna Ruggieri.

Le regard de l'évêque se détacha du policier.

— Parmi tous ces héritiers, donc, reprit Vitelli en se rasseyant, il y en avait de plus ou moins délicats. C et H me semblaient particulièrement dangereux. Un soir sur le trottoir, Laura m'expliqua qu'elle était enceinte, que c'était arrivé la nuit après une fête à Rome, qu'elle ne connaissait même pas le nom du garçon. Elle l'a cherché, et elle n'a jamais pu le retrouver. D'ailleurs, elle n'avait pas très envie de le retrouver. Elle avait dix-neuf ans, pas d'argent et pas de métier. Je me suis souvent demandé si Laura m'avait bien dit toute la vérité, et si elle ne connaissait pas le nom du père. Par exemple un des héritiers qui l'aurait intimidée et menacée pour qu'elle garde le silence. La famille de Laura, qui était servilement catholique, prit la chose au tragique. À cette époque, je venais d'accéder à la prêtrise, et je réussis à calmer un peu leurs terreurs religieuses. Laura eut donc sa fille, Gabriella, chez elle, et on plaça tout de suite l'enfant dans une institution pour la cacher au voisinage et aux héritiers, sur ordre du père de Laura. Six ans plus tard, Laura décida d'épouser Henri Valhubert. J'avais rencontré Henri pendant son séjour à l'École de Rome, et je les avais présentés l'un à l'autre. Laura me supplia de ne pas lui parler de Gabriella. Elle me disait qu'elle le ferait plus tard. Il est vrai que je n'étais pas sûr qu'Henri accepte ce genre de situation, mais je n'approuvais pas la décision de Laura. L'ombre où devait rester Gabriella ne me plaisait pas. Mais c'était bien à sa mère d'en décider, n'est-ce pas ? Quelques jours avant son départ pour Paris, Laura est venue me trouver, tard dans l'église où j'officiais à ce moment, à une centaine de kilomètres de Rome. Elle voulait qu'en son absence je veille sur sa fille. Elle disait qu'elle n'avait confiance qu'en moi, et que la petite fille me connaissait depuis toujours. Laura était bouleversante, et j'ai accepté, bien sûr. Il ne m'est même pas venu à l'idée de refuser. J'ai choisi, en accord avec Laura, les meilleures écoles pour Gabriella. Je la plaçais successivement dans des établissements proches des différentes cures où j'étais affecté.

Quand j'ai été appelé au Vatican, je l'ai fait venir à Rome. Laura venait très régulièrement la voir, mais c'est moi qui, au jour le jour, me chargeais des professeurs, des médecins, des sorties, etc. Elle a vingt-quatre ans aujourd'hui, et elle est à peu près devenue ma propre fille. Je suis un évêque doué de paternité... ce qui me plaît assez. Mais, à l'exception du secret tenu à l'égard d'Henri, selon la volonté impérieuse de Laura qui, finalement, n'a jamais varié, tout cela s'est déroulé sans mystère. Tous mes collègues ici connaissent l'existence de Gabriella ainsi que son origine illégitime, et Gabriella est elle aussi au courant de sa propre histoire. Puisque vous l'apprendrez bientôt, autant vous dire aussi que Claude Valhubert sait qui est Gabriella. Ils ne se quittent pas depuis qu'il est installé à Rome. Et ce que Claude sait, Tibère et Néron le savent aussi, bien entendu.

— Il est clair que tout le monde s'est très bien arrangé pour faire d'Henri Valhubert une dupe, dit Ruggieri.

— Je vous l'ai dit, j'ai désapprouvé la décision de Laura. Si vous pensez maintenant que je me suis rendu complice de haut mal en acceptant d'aider l'enfant, même dans ces circonstances, cela vous regarde. Je referais exactement la même chose si c'était à refaire.

— Vous ne vous êtes donc jamais senti embarrassé à l'égard de votre ami Henri Valhubert ?

— Jamais. Après tout, en quoi cela le regardait-il ? S'il l'avait appris, il était le genre d'homme à s'en sentir déshonoré, et cela n'aurait rien arrangé. Peut-être aussi y a-t-il dans l'attitude de Laura des éléments qu'on ne possède pas : la crainte que son mari, par exemple, ne cherche coûte que coûte à retrouver le père et à le menacer. Imaginez que Laura connaisse le père, contrairement à ce qu'elle m'a toujours dit, et qu'elle le redoute ? Tout est possible, vous savez, dans ce genre d'affaires. Mieux valait sans doute faire comme elle a fait, laisser les choses se décanter doucement au lieu de tout éventrer.

— Vous avez de singuliers points de vue, monseigneur.

— C'est que là-haut, l'air est plus vif, dit Vitelli en souriant. Tenez, vous trouverez là-dedans quelques photos de Laura et de son enfant.

Lorenzo Vitelli regardait le policier feuilleter l'album. Valence y jetait un coup d'œil par-dessus son épaule. Ça ne plaisait pas à l'évêque que la police s'approche ainsi de Gabriella. Est-ce qu'ils avaient l'intention de lui faire subir des interrogatoires ?

— Pourquoi toute cette agitation ? demanda-t-il à Ruggieri. Est-ce si extraordinaire pour une femme d'avoir une fille ?

— Supposons qu'Henri Valhubert ne soit pas venu à Rome pour le Michel-Ange, mais parce qu'il aurait appris l'existence de Gabriella Delorme, ce qui expliquerait son voyage impromptu, qui n'était pas, paraît-il, dans ses habitudes. Supposons qu'il ait voulu donner le change en venant enquêter à la Vaticane, mais qu'il ait cherché en réalité à vérifier l'ascendance de Gabriella. Le scandale qu'il s'apprêtait ainsi à déclencher aurait fait un tort irréparable à Laura Valhubert. Il aurait divorcé. Vous savez bien que Mme Valhubert n'a pas un sou à elle.

— Laura était en France quand on a tué son mari, dit Vitelli.

— Bien sûr, elle n'est pas coupable. Mais Laura Valhubert n'est pas n'importe qui et beaucoup sont à sa dévotion. N'est-ce pas, monseigneur ? Claude ou Gabriella, par exemple, seraient prêts à faire beaucoup pour la protéger. Sans compter qu'ils avaient tous les deux des comptes à régler avec Henri Valhubert et que sa mort, en outre, les rend riches. Alors, tout ça se combine et ça pousse jusqu'au meurtre.

L'évêque s'était à nouveau levé et dominait le policier. Il tenait à nouveau ses mains serrées sur la ceinture violette de son habit. Valence le regardait avec complaisance et, dans cette pose un peu guerrière, il le trouvait beau.

— Vous vous permettez d'accuser Gabriella ? demanda Vitelli.

— Je dis seulement qu'elle avait d'excellentes raisons.

— C'est trop.

— C'est la vérité.

— Le soir de la fête, elle était chez un ami, je le sais.

— Non, monseigneur. Je vais vous causer de la peine, mais le fils de sa gardienne l'a vue le soir du meurtre sur la place Farnèse. Il a voulu lui parler mais Gabriella n'a pas semblé le reconnaître.

Ruggieri avait baissé d'un ton. Il avait adouci sa voix et instinctivement tendu une main vers Vitelli comme pour parer à sa réaction. Il regrettait d'avoir été si brusque au début car à présent la peine visible qui marquait le visage de l'évêque le gênait. Il aurait voulu revenir en arrière pour formuler les choses autrement.

— Allez-vous-en, dit Vitelli. Tous les deux, allez-vous-en ! Vous avez ce que vous voulez.

Ruggieri et Valence sortirent lentement. La voix de l'évêque les rappela tandis qu'ils descendaient l'escalier. Ils levèrent la tête vers lui.

— Mais je vous ai dit que, moi, j'ai une piste ! leur cria Vitelli. Moi, je vous trouverai le voleur de la Vaticane, et vous comprendrez qu'il est aussi l'assassin d'Henri ! Vous entendez, Ruggieri ? Vous, le policier, vous n'êtes qu'un médiocre ! Et vous changez l'or en plomb !

L'évêque s'éloigna de la balustrade, leur tourna le dos et partit à grands pas. La porte du cabinet se referma avec violence. Ruggieri resta figé sur la marche de l'escalier, agrippant la rampe. Il changeait l'or en plomb.

Quand il chercha Valence du regard, il avait disparu sans explication.

17

Richard Valence était rentré directement à son hôtel. Il en sortit en début de soirée, d'humeur plutôt invincible. Il avait passé plusieurs heures à téléphoner, à chaîner les informations qu'il obtenait et qui s'offraient d'elles-mêmes à sa compréhension. Il avait suffi qu'il se mette dans le bon sens pour que l'inexplicable s'ordonne en une série de transparences. Le résultat était définitif et d'une mortelle simplicité. Personne n'avait l'air d'y avoir pensé. Pourtant, à bien y réfléchir, il avait donné la clef de l'affaire à Ruggieri dès leur première rencontre.

Maintenant, il venait de lui arracher l'autorisation de lui passer devant et d'aller interroger les trois empereurs le premier. Ruggieri avait d'abord refusé avec fermeté. Mais Valence savait repousser presque n'importe quelle résistance parce que la sienne était taillée dans la masse, sans ces lignes de faiblesse qui font céder les autres sous la pression ou sous le temps. Ruggieri avait tout de même mis dix minutes à se rendre. C'était long. Ruggieri était un petit policier résistant.

Dans le reflet d'une voiture, Valence serra sa cravate et rejeta ses cheveux en arrière. Il se sentait maître de lui, et les trois empereurs, malgré le portrait indulgent qu'en avait fait l'évêque, ne l'attendrissaient pas. Pour être exact, il se méfiait de ces sorte d'amitiés superbes.

La porte de l'appartement était basse, et il se pencha pour entrer. Claude, qui lui avait ouvert, le laissa seul dans une pièce surchargée, à fonction indéfinissable, la pièce commune probablement, investie des manies de chacun des trois. Claude s'était excusé pour aller frapper aux portes des chambres de Néron et de Tibère. Valence avait d'emblée saisi le genre de Claude. En réalité un visage joli, mais fébrile, une silhouette très mince, qui devait faire le quart de la sienne. Il avait la sensation qu'il aurait pu le déplacer d'un revers de main, que Claude n'avait pas de racines pour le tenir au sol.

Néron venait à sa rencontre d'un pas maniéré et ironique. Il s'inclina avec un mouvement de toge, sans lui serrer la main.

— Ayez l'indulgence de fermer les yeux sur ma tenue, dit-il à voix forte. La soudaineté de votre visite ne m'a pas laissé le loisir de m'adapter à la circonstance.

Néron était en short court. C'était tout ce qu'il avait sur lui.

— Oui, dit Néron, vous avez raison, je suis imberbe. Et cela vous étonne parce que c'est rare chez un garçon de mon âge. C'est assez joli, je trouve. Disons que c'est spécial. Voilà, c'est spécial. En réalité, tout ceci n'est qu'apparence, je me fais épiler. Mais rassurez-vous, sitôt que je serai sorti du monde romain, ce qui, j'en ai peur, n'est pas pour demain, je me dispenserai de cette corvée. Car c'est une corvée, figurez-vous. Il faut me croire sur parole, car je doute que vous ayez jamais tenté cette expérience de l'épilation. C'est intéressant, mais ça prend du temps, et c'est parfois assez douloureux. Heureusement, les compensations valent la peine. Ainsi préparé, et pour la vraisemblance un peu plus nu que vous ne me voyez là, je m'expose dans les musées. Parfaitement. Je monte sur un socle, je prends la pose. Ils s'attroupent, admirent, font des commentaires gracieux qui me paient largement de mes sacrifices.

— Néron, mon ami, tu n'intéresses pas monsieur.

— Ah c'est toi, Tibère. Entre, Tibère. C'est que monsieur

ne s'intéresse peut-être pas à la statuaire antique. Tibère, permets-moi de te présenter…

— Inutile, coupa Valence. Nous nous connaissons déjà, lui et moi.

— Certainement une rencontre au cours d'une partie fine ? demanda Néron en se laissant tomber dans un fauteuil.

Tibère regardait Richard Valence en souriant un peu, debout, adossé au mur, bras croisés sur la poitrine. Il était toujours habillé en noir, et ça faisait un spectacle curieux à côté de son ami Néron.

— Oui, dit lentement Valence en allumant une cigarette. L'empereur Tibère me suit depuis mon arrivée. Très courtoisement d'ailleurs, et sans s'en cacher. Je n'ai même pas encore fait l'effort de lui en demander la raison.

— C'est pourtant simple, soupira Néron. Vous lui plaisez, je ne vois que ça. Il vous aime. N'est-ce pas, Tibère ?

— Je ne sais pas encore, dit Tibère en souriant toujours.

— Qu'est-ce que je vous disais ? reprit Néron. Au fond, l'amour ne s'avoue jamais, tout le monde sait ça. Et Tibère, qui est un garçon très délicat…

Claude frappa violemment sur la table. Ils se retournèrent tous en même temps pour le regarder.

— Vous n'avez pas bientôt fini vos conneries ? hurlat-il. Et vous, monsieur l'envoyé spécial, je suppose que vous n'êtes pas là pour analyser les fantasmes de Néron ? Alors, puisque vous devez être odieux, soyez-le tout de suite et qu'on en finisse, nom de Dieu ! Qu'est-ce qu'il y a dans votre sac, dans votre tête ? De la merde ? Très bien ! Allez, bon sang, sortez-la !

Tibère regardait son ami. Claude était blanc et avait le front humide, et il n'avait certainement pas pris le temps de bien considérer son interlocuteur. Celui-là pourtant n'était pas à traiter avec impatience et insultes. Valence était resté debout lui aussi, appuyant ses deux mains à une table derrière lui. Tibère le voyait de plus près qu'il n'avait pu encore le faire pendant ses filatures. Il était large et dense, et son visage était taillé à la mesure de son corps. Tibère voyait cela, et il voyait aussi que Claude ne le voyait pas du tout. Tibère voyait que Valence avait des yeux rares, d'un bleu bizarre, d'une somptueuse netteté, et qu'il s'en servait pour faire plier les autres. Il voyait que Claude, dans son exaspération hystérique, allait se présenter de plein front à Valence, et il était clair qu'il ne serait pas de taille à encaisser. Il s'intercala rapidement entre eux deux, et proposa à Valence de s'asseoir en lui donnant l'exemple. C'est le genre d'homme qu'il vaut mieux avoir assis que debout.

— Pourquoi êtes-vous venu ? demanda calmement Tibère.

Valence avait perçu la manœuvre de protection de Tibère, et il lui en était plus ou moins reconnaissant.

— Tous les trois, dit Valence, vous avez simplement omis d'informer la police de l'existence de Gabriella Delorme.

— Et pourquoi fallait-il le faire ? haleta Claude. Quel rapport avec papa ? Et puis quoi encore ? Faut-il confesser toute notre vie privée ? Désirez-vous aussi connaître la couleur de mon pyjama ? Hein ?

— Il ne porte pas de pyjama, grâce à Dieu, rassurez-vous, intervint mollement Néron.

— C'est vrai, reconnut Claude.

Et cette constatation salutaire le rasséréna un peu.

— Dans peu de temps, reprit Valence, j'aurai fait la preuve que votre père ne s'est pas déplacé jusqu'à Rome pour Michel-Ange. Il a appris l'existence de Gabriella, et il est venu ici comprendre et voir ce qu'on lui cachait depuis dix-huit ans. Tous les trois, vous êtes complices avec Laura Valhubert, et vous vous êtes très bien entendus pour lui mentir sans cesse.

— On ne mentait pas, dit Claude, on ne disait rien. C'est tout à fait différent. Après tout, Gabriella n'est pas sa fille.

— C'est aussi l'argument de Mgr Vitelli, dit Valence.

— Cher monseigneur... souffla Néron.

— Qu'est-ce qu'il fabrique avec Gabriella ? demanda Valence.

— Il fabrique de l'affection, dit Tibère sèchement.

— Allons, monsieur Valence, dit Néron en se levant et en faisant gracieusement le tour de la pièce, il est temps d'intervenir avant que vous n'ayez des pensées banales. Car vous êtes sur le point d'avoir des pensées banales. Cher monseigneur est beau. Chère Gabriella est belle. Cher monseigneur aime Gabriella. Cher monseigneur ne s'envoie pas Gabriella.

Tibère leva les yeux au ciel. Quand c'était comme ça, c'était très difficile d'arrêter Néron.

— Cher monseigneur, continua Néron, s'occupe de Gabriella depuis très longtemps, à ce qu'on m'a dit. Cher monseigneur vient la visiter le vendredi, parfois le mardi, on mange pas mal de poisson et on ne s'envoie pas en l'air. Poisson mis à part, on passe des soirées ravissantes, et cher monseigneur nous enseigne un tas de fatras de culture luxueuse qui ne sert absolument à rien et qui est bien agréable. Quand il s'en va, on le regarde descendre l'escalier crasseux dans son habit noir à boutons violets, on jette le poisson, on sort la viande, et on prépare notre harangue princière du lendemain pour le peuple romain. En quoi tout cela regarde-t-il Henri Valhubert et la grande ciguë ?

— Grâce à la mort d'Henri Valhubert, dit Valence, Laura et Claude héritent de l'essentiel de sa fortune. Gabriella sort de l'ombre, Claude sort de l'ombre, tout le monde sort de l'ombre.

— Ingénieux et original, dit Néron avec une expression dégoûtée.

— Le meurtre est rarement original, monsieur Larmier.

— Vous pouvez m'appeler Neron. J'aime parfois la simplicité, sous certaines de ses formes.

— Henri Valhubert était sur le point de se convaincre de l'existence de Gabriella. Le scandale était imminent, le divorce avec Laura certain, la perte de la fortune assurée. Gabriella a-t-elle un amant ?

— À moi de répondre, Néron, s'il te plaît, intervint vivement Tibère. Oui, elle a un amant. Il s'appelle Giovanni, c'est un garçon de Turin, avec des qualités, et qui ne plaît pas trop à monseigneur.

— Qu'est-ce qu'il lui reproche ?

— Une animalité un peu voyante, je crois, dit Tibère.

— Il n'a pas l'air de vous plaire non plus ?

— Cher monseigneur, coupa Néron, ne s'y entend pas trop dans les choses de l'amour brutal et bâclé. Quant à Tibère, sa noblesse naturelle l'écarte à juste titre des instincts mal dégrossis.

— Essaie de te calmer un peu, Néron, dit Tibère entre ses dents.

Claude ne disait rien. Il était avachi sur une chaise. Valence le regardait soutenir sa tête épuisée dans ses mains. Et Tibère surveillait le regard de Valence.

— N'essayez pas d'interroger Claude, lui dit-il en lui offrant une cigarette. Depuis qu'il a assassiné son père pour protéger Laura et Gabriella et pour s'approprier sa fortune, l'empereur Claude est un peu secoué. C'est son premier meurtre, il faut l'excuser.

— Vous exagérez, Tibère.

— Je vous devance.

— Claude n'est pas seul en lice. Gabriella, parce qu'elle est maintenue sous le boisseau, est encore plus favorisée par la mort de Valhubert. Son amant Giovanni pourrait aussi agir pour elle. Enfin, il y a Laura Valhubert.

— Laura était en France, cria Claude en se redressant.

— C'est ce qu'on m'a dit, en effet, dit Valence en les quittant.

18

Il faisait nuit quand Valence sortit de chez les trois jeunes gens et il dut allumer la lumière de l'escalier. Il s'obligeait à descendre lourdement les marches, une par une. Néron était complètement fou et dangereux. Claude crevait d'inquiétude et il était prêt à n'importe quoi pour défendre Laura Valhubert. Quant à Tibère, il comprenait tout ça, il gardait son sang-froid et il s'appliquait à maîtriser ses deux amis. Les trois empereurs savaient à l'évidence quelque chose. Mais Tibère ne lâcherait jamais rien. Et les deux autres, bien tenus par leur ami, seraient difficiles à approcher. Il était certain que Tibère, avec son visage grave et ses élans imprévisibles, était doué d'une puissance de persuasion non négligeable. Néron acceptait son charme et Claude en était envoûté. À eux trois, il était vrai qu'ils formaient un obstacle fascinant, d'apparence légère et fantasque, mais en réalité d'une cohésion minérale. Pourtant, ils auraient du mal avec lui, parce que cela ne l'impressionnait pas. Valence s'arrêta sur une marche pour réfléchir. Ça ne lui était jamais arrivé d'être impressionné, ou presque. C'était naturel, les choses glissaient sur lui. Mais ces trois empereurs le déroutaient malgré tout. Il y avait une telle connivence entre eux, une affection si définitive qu'ils pouvaient tout se permettre. Ce serait très difficile de leur arracher Laura Valhubert. Un sacré assaut dont l'idée le flattait. Lui seul, bien arc-bouté, contre eux trois qui s'aimaient tellement.

Il se contracta d'un coup. Il y avait en bas de l'escalier, dans le hall étroit de l'immeuble, une femme qui se penchait sur une petite glace. Assez grande, elle avait les cheveux devant le visage, et on n'en voyait rien. Mais il sut sur l'instant, rien qu'à l'allure des épaules, rien qu'au profil qui passait à travers les mèches sombres, rien qu'à la manière négligente de les repousser des doigts, il sut qu'il était en train de croiser Laura Valhubert.

Il pensa à remonter silencieusement les marches mais il n'avait jamais fait ça. Il n'avait qu'à passer droit et sortir au plus vite par la porte restée ouverte sur la rue.

Valence détacha sa main de la rampe, descendit les dernières marches et marcha vers la porte de manière assez raide, il s'en rendit compte. Il la dépassa. Dans un mètre, la rue. Derrière lui, il la sentit interrompre son mouvement et lever la tête.

— Richard Valence… dit-elle.

Elle l'arrêta d'une main sur l'épaule au moment où il était presque dehors. Elle avait dit ça, Richard Valence, comme si elle lisait ce mot, en séparant bien les syllabes.

— Bien sûr c'est toi, Richard Valence, répéta-t-elle.

Elle s'était reculée pour s'adosser au mur, elle avait croisé les bras et elle le dévisageait avec un sourire. Elle ne dit pas : « C'est incroyable, qu'est-ce que tu fais ici ? Comment ça se fait que tu sois là ? » Elle avait l'air en réalité de se foutre totalement de cette coïncidence. Elle était juste attentive. Valence se sentit très observé.

— Bien sûr, tu te souviens de moi ? demanda-t-elle en souriant toujours.

— Bien sûr, Laura. Laisse-moi maintenant Je n'ai pas de temps.

Valence arrêta un taxi qui passait devant la porte et y monta sans se retourner. Cette fois ça y était, il avait tout retrouvé d'un coup, la voix enrouée, la beauté violente et hésitante du visage, les gestes imprécis et l'élégance miraculeuse. Il respirait moins vite à présent. Ça avait été inutile au fond de tant se contracter. Il fallait reconnaître qu'il s'était un peu inquiété à l'idée de revoir

Laura. Finalement les choses s'étaient passées comme il le voulait. De manière un peu brusque, mais normale. C'était fait. Et maintenant que c'était fait, il se sentit soulagé.

Laura demeura quelques moments dans le hall de l'immeuble et se donna le temps d'une cigarette avant de monter rejoindre Claude. Elle la fuma en restant adossée au mur. C'était drôle tout de même de croiser comme ça Richard Valence. C'était plutôt émouvant à vrai dire. Sauf que Valence avait eu l'air contrarié et pressé. Elle n'avait pas imaginé qu'il serait devenu aussi désobligeant.

Laura haussa les épaules, lâcha sa cigarette sans l'écraser. Elle ne se sentait pas très bien.

En haut, elle trouva les trois garçons dans un état tourmenté, les visages soucieux ou fatigués. Elle passa les doigts dans les cheveux de Claude.

— Tibère, mon grand, dit-elle, tu ne crois pas que ce serait bien que tu nous donnes quelque chose à boire ? Et à manger ? Qu'est-ce que vous avez eu aujourd'hui ? Tibère, qu'est-ce qui ne va pas ?

Tibère laissait tomber des glaçons au fond d'un verre.

— Il y a un homme qui est venu nous voir, Laura, dit-il avec une moue. C'est un envoyé spécial du gouvernement français, un de leurs meilleurs juristes, paraît-il. Il est chargé, à cause d'Édouard Valhubert qui s'affole, de juguler l'enquête de la police italienne, de tirer ses propres conclusions et de décider du sort final de l'affaire, qu'il soit juste ou non, peu leur importe, l'essentiel étant la sécurité d'Édouard Valhubert le Crapaud.

— Pourquoi est-ce que tu l'appelles le Crapaud ?

— Parce que j'ai décidé que le ministre Édouard avait une tête de crapaud. Il l'avait d'ailleurs bien avant d'être ministre. Enfin, tu ne trouves pas qu'il a une tête de crapaud ?

— Je ne sais pas, murmura Laura. Tu es drôle. Qu'est-ce que ça peut faire ?

— Attention, intervint Néron, efforçons-nous d'être précis : crapaud à ventre jaune ou bien crapaud à ventre de feu ?

— Jaune, absolument jaune, comme un citron, dit Tibère.

— C'est bon ça, le citron, dit Néron.

— Vous me faites chier, dit Claude. Tibère, tu parlais de cet envoyé spécial à Laura, essaie de continuer, je t'en prie.

— Bon. Il est donc là pour juguler Ruggieri, l'inspecteur que tu as vu à la morgue hier soir. En temps ordinaire, un homme de plus ou de moins, ça n'a pas tant d'importance. Mais cet homme-là, Laura, justement, n'est pas ordinaire. Même Néron, qui trouve tout le monde commun à l'exception de lui-même, est contraint de l'admettre. Depuis le début, je le redoute, je le suis, je cherche une prise. Je n'y parviens pas. Tu comprendras aussitôt ce qu'il faut craindre dès que tu auras affaire à lui. Le mieux, comme première précaution, est de le faire asseoir. C'est un très grand type, puissant, il a des quantités de cheveux noirs et une belle gueule très blanche. Si, Néron, une belle gueule. Dans cette gueule, il y a quelque chose d'indomptable, qui n'est guère rassurant. Il a des yeux très clairs et beaux – dont Néron, d'ailleurs, crève d'envie –, et dont il se sert pour faire plier. Ça doit être un truc à lui, longuement éprouvé. Le truc du regard qui ne vous lâche pas. Ça doit souvent marcher. Il a essayé de plier Claude avec, tout à l'heure. Néron, bien entendu, ne s'est rendu compte de rien, mais Néron est très spécial, ce n'est pas un bon exemple. Toi, Laura, tu te rendras compte.

— Pardon, je me suis très bien rendu compte, dit Néron.

— Le jour où tu te rendras compte que le monde tourne stupidement et qu'il y a des gens dessus, ça te tombera sur la nuque comme une masse. Au fait, rien ne te laisse croire que ça fasse plaisir à Laura de te subir à moitié nu. Dans l'incertitude, tu pourrais passer une chemise. Ou un pantalon, pourquoi pas un pantalon ?

92

— Comme c'est désobligeant, soupira Néron en se levant avec effort.

— Et puis, continua Tibère en tendant enfin un verre à Laura, cet homme a déjà trouvé pas mal de choses. Il a trouvé ta fille, et il a presque trouvé qu'Henri n'est sans doute pas venu à Rome pour traquer Michel-Ange mais pour surprendre Gabriella. Il sait aussi que nous étions tous au courant, sauf Henri, et il trouve ça moche. Il est persuadé qu'Henri aurait demandé le divorce en revenant à Paris, que tu aurais perdu son argent, que Gabriella l'aurait perdu en conséquence, et ainsi de suite. Il ne va pas tarder à savoir aussi que tu me donnes de l'argent pour vivre ici avec Néron. Il va trouver ça aussi très moche, c'est certain. Il va enchaîner le tout, chercher et tâcher de vaincre. Il en a les capacités, tu peux en être sûre. Tu sais comme moi à quel point ça peut devenir dangereux.

— Pourquoi dangereux ? demanda Néron.

— Rien, dit Tibère en remuant le fond de son verre.

— Si, dit Néron.

— Il n'y a rien, répéta Tibère.

Il passa derrière Laura et posa ses mains sur ses épaules.

— Il faudra vraiment que tu prennes garde à ce type. Si tu le peux, pense à le faire asseoir puis à éviter ses yeux, même si ce n'est pas très facile.

— Je l'ai déjà regardé, dit Laura. Il s'appelle Richard Valence.

— Il t'a déjà interrogée ? Hier soir à la morgue ?

— Non. Il n'était pas là.

— Alors, ce matin, avec les flics ? Tu lui as parlé aujourd'hui ?

— Pas vraiment. Mais, mon grand, à l'époque où je lui ai parlé, il n'était pas exactement indomptable. À certains moments seulement. C'était il y a vingt ans. C'est drôle, non ?

— Merde, dit Tibère.

Laura éclata de rire et tendit son verre. Elle allait mieux.

93

— Sers-m'en un autre, mon grand. Et trouve-moi du pain ou n'importe quoi. J'ai faim, tu sais.

Tibère alla chercher la bouteille qui était revenue, on ne sait comment, dans les bras de Néron. Claude sortit comme une flèche chercher de quoi nourrir Laura.

Ils mangèrent un moment en silence, sur leurs genoux.

— Je l'ai bien connu autrefois, reprit Laura, mais pas longtemps.

« Je suis en train de me demander si ça changera quelque chose. Je crois que ça ne changera rien.

« Peut-être pas.

Laura finit lentement son verre. Néron avait mis de la musique et Claude s'endormait par à-coups.

— Il est triste, dit Laura à voix basse en désignant Claude. À cause de son père, il est triste, terriblement.

— Bien sûr, dit Tibère. Je le sais, je fais attention. Et toi ? Tu es triste pour Henri ?

— Je n'en sais rien. Je devrais te dire que oui, mais au fond je n'en sais plus rien.

— Pourtant en ce moment tu es triste, mais pour autre chose. Tout le monde est triste ici, décidément.

— Pas moi, grogna Néron.

Laura embrassa Claude sans le réveiller et prit son manteau.

— Tu es triste pour autre chose, insista Tibère en gardant les yeux au sol.

— Je rentre à l'hôtel, murmura Laura. Accompagne-moi un peu si tu veux.

Néron ouvrit les yeux et lui tendit une main molle.

— Amusez-vous bien tous les deux, dit-il.

Laura et Tibère descendirent l'escalier en silence. Tibère se sentait embarrassé. Ça ne lui arrivait pas souvent avec elle.

— On est en noir tous les deux, dit-il une fois dehors. Ça fait bizarre.

— Oui, dit Laura.

Elle marchait lentement et Tibère la tenait par l'épaule.

— Je vais te raconter pour Richard Valence, dit-elle.

— Oui, dit Tibère.

— C'est assez con comme genre d'histoire.

— Oui.

— Ça n'empêche pas que ça peut être triste.

— C'est vrai. Est-ce que tu es triste brutalement, alors que tu n'en avais pas l'intention, mais que tu ne peux pas faire autrement ?

— C'est ça. Ce n'est pas de la vraie tristesse, c'est juste comme un haussement d'épaules douloureux, tu vois ?

— Raconte-moi cette histoire triste.

— J'ai rencontré Richard Valence au cours d'un séjour à Paris, avant de connaître Henri. Comment te dire pour que ça ne soit pas trop con ?

— Aucune importance. Dis-moi ça normalement, comme c'était.

— Tu as raison. Je n'aimais que lui et il n'aimait que moi. De l'amour prodigieux. Un privilège. Voilà. Qu'est-ce qu'on peut dire d'autre ?

— C'est vrai que c'est assez con comme histoire. Pourquoi est-ce qu'il t'a quittée ?

— Comment sais-tu que c'est lui qui est parti ?

Tibère haussa les épaules.

— De toute façon, tu as raison, c'est lui qui est parti, après quelques mois. On ne sait pas pourquoi au juste. Il est parti, c'est tout. À tous les deux, il faut reconnaître que la vie était assez épuisante.

— Je conçois. Qu'est-ce que tu as fait quand il est parti ?

— Il me semble que j'ai hurlé. Fin du privilège. Fin du prodige. Il me semble aussi que j'ai pensé à lui pendant des années. Il me semble.

— Mais tu as épousé Henri.

— Ça n'empêche pas. Après d'ailleurs, je n'ai plus pensé à lui, ça s'est passé. Mais tout de même, quand je l'ai croisé ce soir...

— Ça t'a touchée. C'est normal. Ça va passer.

— Ça passe déjà.

— Tu verras comment il est. Ou je me trompe, ou ce type-là ne respectera personne, et peut-être même pas toi, Laura. C'est aussi l'impression de Lorenzo. Lorenzo se fait du souci à cause de Gabriella. Il m'a appelé, il redoute des ennuis. Il a raison d'ailleurs, parce qu'il y a encore quelque chose que je ne t'ai pas dit : Gabriella est allée place Farnèse ce soir-là, et elle n'a mis personne au courant.

— Tu as une explication ?

— Non.

Ils finirent le chemin en silence.

Elle se retourna pour l'embrasser devant la porte de l'hôtel, mais elle hésita. Tibère avait changé d'expression, serré les yeux, serré les lèvres, il regardait quelque part où elle ne voyait pas.

— Tibère, murmura-t-elle, ne convulse pas ton visage comme ça, je t'en prie. Quand tu fais ça, tu me fais penser au vrai Tibère. Qu'est-ce que tu as ? Qu'est-ce que tu vois ?

— Tu as connu le vrai Tibère ? L'empereur Tibère ?

Laura ne répondit pas. Elle se sentait inquiète.

— Moi oui, dit Tibère, en posant ses mains sur le visage de Laura. Moi, je l'ai très bien connu. C'était un drôle d'empereur, un adopté, dont personne n'a jamais bien su parler. On l'appelle Tibère, mais son nom véritable, c'est Tiberius Claudius Nero, Tibère-Claude-Néron… Nos trois noms en un seul, le mien, tu ne trouves pas ça curieux ? Tibère voyait des choses, il voyait des complots, des conspirations, il voyait le mal. Et moi aussi, des fois, je vois le mal. Et en ce moment, Laura, je vois quelque chose de terrible, à côté de toi, qui es si belle.

— Arrête de parler comme ça, Tibère. Tu t'exaltes, tu es fatigué.

— Je vais dormir. Embrasse-moi.

— Ne pense plus à cette famille impériale. Vous deviendrez tous cinglés avec ça. Tu ne crois pas qu'on a assez d'emmerdements ? Tu n'as jamais connu l'empereur, sache-le, Tibère.

— Je le sais, dit Tibère en souriant.

En rentrant chez lui, Tibère réveilla Claude qui n'avait pas bougé de sa chaise, tandis que Néron avait disparu, et la bouteille aussi.

— Claude, dit-il à voix basse, va sur ton lit, tu seras mieux. Claude, est-ce que tu sais qu'en réalité je n'ai jamais connu l'empereur ?

— Je ne te crois pas, dit Claude sans ouvrir les yeux.

19

Richard Valence resta enfermé quatre jours dans sa chambre d'hôtel. Régulièrement, l'inspecteur Ruggieri lui téléphonait et Valence disait qu'il travaillait et il raccrochait.

Lorenzo Vitelli essaya de le voir deux fois dans cette matinée du vendredi. «J'ai des choses de la plus grande importance à vous confier», lui dit-il depuis le standard de l'hôtel. «C'est impossible», répondit simplement Valence.

L'évêque trouva que Richard Valence était décidément odieux, et malgré la curiosité qu'il ressentait pour cet homme, il commençait à en avoir plus qu'assez.

— C'est un sauvage, commenta le garçon d'hôtel quand Vitelli reposa le téléphone. Il ne veut même pas recevoir Monseigneur?

Vitelli tapait des doigts sur le comptoir. Il hésitait à laisser un message à Valence.

— Depuis mardi, continua le garçon, il faut lui monter les plats, il ne sort pas de sa chambre. Si, une fois par jour, il fait le tour du pâté de maisons, et il rentre. Isabella, la femme de chambre, a peur de lui maintenant. Elle n'ose plus ouvrir la fenêtre pour aérer la pièce de toute la fumée. Il paraît que quand elle entre, il ne lève même pas la tête, elle ne voit que ses cheveux noirs, et elle dit qu'il est comme un animal dangereux. Il paraît que c'est un type important au gouvernement français.

Peut-être. Mais des Français comme ça, ils peuvent se les garder. Isabella ne veut plus y aller, elle a peur d'un mauvais coup, mais elle y va quand même. C'est qu'elle aime le travail bien fait.

— Mais non, c'est qu'elle aime bien le Français, dit Vitelli en souriant.

Il jeta le message qu'il avait préparé. Puisque Valence était si discourtois, il s'arrangerait désormais sans lui.

— Il ne faut pas dire de telles choses, dit le garçon.

— Il faut tout pouvoir dire, dit Vitelli.

20

Depuis deux heures, Richard Valence ne faisait plus rien. Il avait classé ses notes, débarrassé sa table, et, assis sans bouger sur sa chaise, il regardait les toits de Rome par la fenêtre fermée. Le soir tomberait bientôt. Ce qu'avaient à lui dire l'inspecteur Ruggieri et Mgr Vitelli ne l'intéressait pas. Il avait bouclé son rapport, il en remettrait un double à la police italienne, il en adresserait un autre à Édouard Valhubert, il en garderait l'original pour lui en souvenir, et il repartirait demain pour Milan. Ça exploserait derrière lui. C'était fini.

C'était fini et il restait, pesant et immobile, à observer les toits de Rome. Un vrai foutoir, les toits de Rome. Il remettrait ce rapport et il s'en irait. C'était terminé.

Édouard Valhubert serait fou de fureur. Il l'avait envoyé ici pour écraser l'affaire et, au lieu de ça, il avait fait éclore une solution terrible dont personne ne voulait se douter. Son intervention allait produire l'effet inverse de celui qu'on avait désiré à Paris. Il était encore temps bien entendu de confier ce rapport de la main à la main au ministre. Et personne n'en saurait rien. C'était ce qu'il devait faire. Aller saluer Ruggieri, remettre ses conclusions à Édouard Valhubert, et laisser le ministre décider de la suite à donner. C'est-à-dire aucune, bien entendu. On trouverait un bouc émissaire insaisissable pour offrir une issue convenable à cette histoire pénible. C'était ce qu'il devait faire.

C'était exactement ce qu'il ne ferait pas. Il avait arraché la vérité, il la ferait connaître et personne ne parviendrait à le faire changer d'avis. Il avait très envie, en réalité, que cette vérité s'apprenne et il ferait tout pour ça.

Il appuya ses deux mains sur la table et se redressa lentement, les genoux engourdis. Il plia son rapport et le glissa dans sa veste.

Dans le couloir de l'hôtel il marchait vite, les poings fermés dans ses poches. Il ne vit Tibère qu'à la dernière seconde, au moment où le jeune homme lui barrait l'accès à l'ascenseur.

— On ne passe pas, dit Tibère.

Valence se recula. Tibère avait l'air épuisé et surexcité. Il avait une barbe de deux jours et il ne semblait pas s'être changé depuis la dernière fois qu'il l'avait vu chez lui. Son pantalon noir était couvert de la poussière d'été de Rome, et on aurait pu croire qu'il avait traîné une triste aventure sans dormir et sans manger. Au vrai, il avait l'air assez menaçant. Valence voyait son corps tendu pour l'empêcher de passer. Cette résolution et cette poussière sur ses habits lui donnaient une espèce d'élégance romanesque que Valence apprécia. Mais Tibère ne l'impressionnait pas.

— Ôte-toi de ma route, Tibère, dit-il calmement.

Tibère se raidit pour contrer le mouvement de Valence. De chaque main, il s'appuyait aux montants métalliques de la cabine, bloquant toute la largeur de la porte de l'ascenseur, et il fléchissait les jambes. Des jambes solides. Poussiéreuses, mais solides.

— Qu'est-ce que tu cherches, jeune empereur ? Qu'est-ce que tu me veux ?

— Je veux que vous me parliez tout de suite, dit Tibère en martelant ses mots. Cela fait quatre jours que quelque chose de grave prend corps dans votre esprit granitique et dans votre foutue chambre emmurée. Vous ne passerez pas avant de m'avoir dit de quoi il s'agit.

— Tu me commandes ? Moi ?

— S'il doit arriver quelque chose à Laura, je serai là pour l'empêcher. Autant que vous le sachiez.

— Tu me fais rire. Et qu'est-ce qui te donne à penser qu'elle serait concernée ?

— Parce que je sais que vous désirez ardemment qu'il lui arrive quelque chose. Et moi, je désire ardemment qu'il ne lui arrive rien.

— Sais-tu que Mme Valhubert est assez grande pour se débrouiller sans toi ?

— C'est moi qui n'ai pas l'intention de me débrouiller sans elle.

— Je vois. Et qu'est-ce qui te fait croire qu'il va lui arriver quelque chose ? Laura Valhubert était en France quand on a tué son mari, non ?

— Deux mille kilomètres d'alibi ne vous feraient pas peur si vous vous mettiez en tête d'avoir sa peau. Et je sais que vous voulez sa peau.

— Tu sais pas mal de choses, on dirait, Tibère. Et qui te renseigne ainsi ?

— Mes yeux. Je l'ai vu sur votre front, sur vos lèvres, dans vos yeux, quand vous avez parlé d'elle. Vous allez la casser, parce qu'il faut bien le faire.

— Laisse-moi passer, Tibère.

— Non.

— Laisse-moi passer.

— Non.

Tibère était fort et plus jeune que lui, mais Valence savait qu'il aurait tout de même le dessus s'il décidait de le frapper. Il hésita. Tibère soutenait son regard, il était prêt. Valence n'avait pas trop envie de l'abîmer, s'il y avait moyen de faire autrement. Il n'aurait eu aucun plaisir à écraser son visage. Et puisque après tout il était décidé à divulguer ses résultats contre les ordres du ministre, il pouvait bien en parler à Tibère tout de suite. Car tôt ou tard, avant demain, Tibère apprendrait la vérité. Alors il valait peut-être mieux que ce soit de lui qu'elle vienne, rapide et directe.

— Viens, dit Valence, allons dehors. Prenons l'escalier. J'en ai assez de cette chambre.

Tibère lâcha les montants métalliques de l'ascenseur. Ils descendirent l'escalier côte à côte assez vite. Valence jeta sa clef sur le comptoir et Tibère le suivit dans la rue.

— Eh bien, jeune Tibère ? Qu'est-ce qui t'intéresse ?

— Vos pensées.

— Rien à faire. Tu ne les auras pas. Tu auras simplement les faits.

— Commençons par là.

— Tu as de la chance que j'accepte de te répondre. Il ne m'est jamais arrivé de répondre sous prétexte qu'on me le demandait. Je ne sais pas pourquoi je fais une exception pour toi.

— C'est parce que je suis empereur, dit Tibère en souriant.

— Sans doute. Les faits ne sont pas très nombreux, mais ils suffisent à tout comprendre, si on ne dissout pas les liens qui les unissent avec des complications et des figurants inutiles. Il y a six jours, Henri Valhubert est arrivé brusquement à Rome. Le soir même, on l'a tué devant le palais Farnèse, au moment où il cherchait à rencontrer son fils. Sur place se trouvaient donc Claude, toi-même et Néron, ainsi que Gabriella Delorme, qui n'avait signalé sa présence à personne. Pendant quelque temps, la police a pioché la piste de Michel-Ange, chargeant même Lorenzo Vitelli de lui servir de contact au sein du Vatican. La découverte de la parenté de Gabriella a changé les choses, et modifié le mobile du meurtre, si la preuve pouvait être faite que Gabriella était bien l'objet du voyage de Valhubert. J'ai passé quatre jours à enquêter par téléphone à Paris, et j'ai obtenu l'assurance formelle que c'était en effet le cas. Ces derniers temps, Henri Valhubert s'inquiétait des si fréquents voyages de sa femme à Rome, qui ne se justifiaient plus depuis que les parents Delorme avaient déménagé assez loin de la capitale. Il a dû craindre un amant et il a attaché un détective aux pas de sa femme, procédé sordide mais efficace, assez bien dans la ligne de ce qu'on a appris du personnage. Ce détective, Marc Martelet, prenait Laura Valhubert en chasse dès son arrivée à Rome, depuis quatre mois. Ne me demande pas d'où je tiens ces informations, il n'y a rien de plus simple. La secrétaire de Valhubert avait noté les rendez-vous de son patron et de Martelet. Je n'ai eu qu'à appeler ce Martelet, que l'assassinat d'Henri Valhubert libérait du secret professionnel. Martelet lui avait déjà remis des photos de Gabriella et trois rapports : on pouvait y apprendre que Mme Valhubert avait une fille à Rome, qu'elle venait la voir depuis dix-huit ans, et qu'elle lui assurait un train de vie très correct. D'où venait l'argent ? Martelet n'avait pas encore la réponse. Mais il s'était cependant produit récemment un fait curieux : un soir, Laura Valhubert a rejoint une troupe d'hommes dans une rue proche de l'hôtel Garibaldi. Ils ont marché ensemble une minute ou deux et se sont séparés en silence au bout de la rue. Elle est retournée seule à l'hôtel sans qu'aucun de ces hommes ne la raccompagne. Martelet a suivi l'un de ces hommes, celui qui semblait diriger la troupe, et il est parvenu à l'identifier. Il est connu de la police romaine sous le nom curieux de « Doryphore ». À cause des pommes de terre, il paraît. Les doryphores bouffent les feuilles des pommes de terre. Enfin ce n'est pas très clair.

— Je me fous de ces pommes de terre. Alors quoi, le Doryphore ?

— Il mène à travers Rome une bande de pillards. Il est difficile de le prendre sur le fait. La police attend un gros coup pour être assurée d'une lourde condamnation. Toujours est-il que Laura Valhubert, épouse d'un éditeur parisien fortuné, est en cheville avec le Doryphore. Tu ne dis plus rien, Tibère ?

— Continuez, dit Tibère dans un souffle. Videz votre sac, on fera le tri après.

— Elle est en cheville avec le Doryphore et sa pègre de banlieue. Martelet suggérait dans son rapport, à titre d'hypothèse à vérifier, que Laura en tirait de quoi faire vivre Gabriella. Sa position sociale privilégiée, la notoriété de son beau-frère Édouard, ses allers et retours réguliers entre Rome et Paris la désignent comme une auxiliaire de choix pour écouler des marchandises compromettantes. La bande vole à Rome, et Laura Valhubert transfère une partie des prises chez des receleurs parisiens, contre bon pourcentage. Cela pourrait expliquer que la police s'acharne en vain à chercher les portes de sortie du Doryphore, et également que Laura Valhubert se refuse à prendre l'avion. Le train offre des facilités pour l'anonymat des bagages. Tu comprends, Tibère ? Il faut bien qu'elle trouve d'une manière ou d'une autre l'argent qu'elle verse depuis vingt-quatre ans pour Gabriella, puisque Henri Valhubert ne lui a jamais laissé la moindre indépendance matérielle. Impossible de soustraire la plus petite somme du budget conjugal sans qu'Henri Valhubert ne le consigne dans un registre. D'autre part, les parents Delorme n'ont pas un sou devant eux. L'argent venait donc d'ailleurs. Ajoute à cela que, enfant, le Doryphore, de son vrai nom Vento Rietti, habitait à quelques rues de la maison des Delorme. Le trafic entre eux deux a dû commencer dès la naissance de Gabriella, d'abord sous une forme occasionnelle, puis jusqu'à devenir un véritable système. Tous ces détails restent à établir, bien entendu, mais je dispose déjà d'éléments bien suffisants pour une inculpation. Ce n'est pas très gai, n'est-ce pas ?

— À quoi ça sert tout ça ? gronda Tibère. Qu'est-ce que vous cherchez à prouver ? Laura n'a pas pu assassiner Henri depuis sa maison de campagne. Elle est hors de cause dans l'affaire !

— Mais sa fille aurait pu le faire. Elles auraient pu s'entendre. Imagine qu'au retour de son dernier voyage elle ait cherché ces rapports adressés par Martelet. Il est très probable qu'elle se soit sentie suivie à Rome, et que, alertée, elle ait fouillé le bureau de son mari. Martelet précise en effet dans son dernier rapport qu'il craignait d'avoir été remarqué et qu'il lui faudrait sans doute changer de « pisteur ». Suppose, jeune empereur, qu'elle ait donc trouvé ces rapports qui l'accablent. Suppose encore qu'Henri Valhubert, dont elle apprend le prochain départ pour Rome, réunisse les derniers éléments de preuves... Que reste-t-il alors de la vie de Laura Valhubert ? La ruine, la condamnation, l'emprisonnement ? C'est grave, tu ne trouves pas ? Et quand l'homme qui vous menace ainsi ne vous tient pas tellement à cœur...

— Laura n'aurait jamais entraîné sa fille dans une affaire de meurtre ! cria Tibère. Vous ne la connaissez pas ! Vous ne pouvez pas supposer des choses aussi médiocres ! Laura n'agit pas par procuration ! Laura n'a jamais dissimulé ni différé le moindre de ses sentiments. Si Laura aime quelqu'un, elle l'embrasse, si Laura boit, elle est ivre, et elle le dit, si elle s'emmerde, elle quitte la table au milieu du repas, en disant qu'elle s'emmerde, et si elle veut tuer quelqu'un, elle le tue. Et elle le tue elle-même, et elle dit pourquoi ! Voilà comment est Laura. Mais il y a une chose que vous ne savez pas, vous, c'est que Laura n'en a rien à faire de tuer, même si la misère ne lui fait pas envie.

— Dissimuler Gabriella et mentir à son mari pendant tant d'années ne cadre pas avec ce que tu racontes d'elle, n'est-ce pas ?

— C'est parce qu'Henri, quelle que fût son intelligence, était un imbécile et qu'il n'aurait pas fait de quartier avec Gabriella. Avec les imbéciles, Laura s'économise. Et c'est sage. Avec nous, elle n'a jamais caché Gabriella.

— Et pourquoi aurait-elle épousé cet imbécile ? Pour l'argent ?

— Ça ne s'explique pas. Ça la regarde. Pas pour l'argent.

— Tu l'idéalises, Tibère. Et donc tu t'égares. Comme tout le monde, Laura Valhubert te décontenance et te fanatise. Même l'inspecteur Ruggieri perd ses moyens et n'arrive pas à l'interroger correctement. C'est comme ça qu'une femme comme elle passe à travers toutes les mailles. Votre fanatisme à tous me lasse. Moi, je veux en finir et je vais en finir. Et vous comprendrez que Laura Valhubert, avec ce charme prodigieux qu'elle tire d'on ne sait où, n'est qu'une idée, qu'un leurre, qu'une image.

— Si vous n'êtes plus capable de faire la différence entre Laura et une image, je vous plains, monsieur Valence. La vie ne doit pas être marrante.

Valence serra les lèvres.

— Tu es au courant de ses affaires avec le Doryphore, puisqu'elle ne te cache rien?

— Je ne suis au courant de rien. Laura ne trafique pas.

— Tu mens, Tibère. Tu es au courant.

— Allez vous faire foutre.

— Qu'est-ce que ça changerait?

— À la fin, qu'est-ce que vous lui voulez? Vous voulez l'écraser, c'est entendu! Et comment comptez-vous vous y prendre? Hein? Vous perdez votre temps. Laura était en France! Et on ne peut rien prouver contre Gabriella.

Valence s'arrêta de marcher.

— Jeune empereur, dit-il en baissant la voix, Laura Valhubert n'était pas en France.

Tibère se retourna brusquement et s'agrippa au bras de Valence.

— Espèce de salaud! Elle était en France! Tous les rapports l'ont dit, murmura-t-il.

— Elle était en France en fin d'après-midi. Elle était en France le lendemain en fin de matinée. La gardienne lui a apporté son déjeuner dans sa chambre à midi passé. Est-ce que cela veut dire qu'elle était en France pendant la nuit?

— Bien sûr! souffla Tibère.

— Mais bien sûr que non. La maison de campagne des Valhubert n'est qu'à une vingtaine de kilomètres de Roissy. Vers six heures du soir, Laura Valhubert est sortie pour se promener, et elle a prévenu la gardienne qu'elle dînerait dehors et qu'elle rentrerait tard – comme cela lui arrive souvent, d'ailleurs. Vers onze heures et demie, la gardienne voit la lumière du salon s'allumer, puis celle de la chambre, puis tout s'éteindre vers deux heures du matin. À cette heure-là, Laura Valhubert est déjà arrivée à Rome, par le vol de vingt heures qui s'est posé à vingt-deux heures exactement. Elle a largement eu le temps d'être à onze heures et demie place Farnèse, sans doute prévenue par Gabriella qu'Henri irait chercher son fils à cette fête. Cette foule avinée lui simplifie bien les choses. Elle le tue. Elle reprend l'avion du matin qui la dépose à onze heures dix en France. À midi, elle sonne la gardienne pour le petit déjeuner.

— Et la lumière qui s'est allumée ?

— Programmateur, Tibère. C'est si simple. Il y en a dans la maison pour se prémunir contre les vols.

— Espèce de salaud !

— Elle a bien entendu donné un faux nom pour voyager, ce qui n'est pas très difficile avec les faux papiers que doit lui fournir le Doryphore en cas de pépin. Elle savait quand Henri devait se rendre à Rome, elle a eu tout le temps de mettre au point son propre voyage. Premiers renseignements pris, on se souvient d'une grande femme brune descendue de l'avion du matin ce jour-là. Elle est foutue. Elle est foutue, Tibère.

— Il n'y a pas de preuves !

— J'ai longuement questionné la gardienne, à plusieurs reprises. Elle a été contrôler les deux programmateurs des lampes. Les horaires affichés correspondent. Une petite erreur de Laura Valhubert, vois-tu. En outre, quand la gardienne est entrée pour faire le ménage au matin, elle s'est aperçue que le feu de cheminée n'avait pas été couvert, ce que fait pourtant Mme Valhubert chaque soir. Enfin, les voisins d'en face n'ont pas entendu la voiture revenir le soir, mais sont certains de l'avoir entendue freiner doucement dans l'allée, vers midi moins le quart, le lendemain. Elle n'était pas en France cette nuit-là.

— Non ! Vous vous gourez. Car pourquoi aurait-elle pris la peine de venir jusqu'à Rome pour le tuer ? C'était plus simple de le faire à Paris, après avoir lu les rapports, non ?

— Réfléchis une minute, Tibère. À Paris, aucune chance de mettre au point un aussi excellent alibi. Devant lequel tout le monde s'est incliné d'ailleurs, sauf moi. Vois-tu, il lui fallait attendre Rome. Elle est foutue, je te dis.

— Et ça ne vous fait rien ? hurla Tibère.

— Si. Un peu, dit-il.

— Vous êtes content tout de même, c'est cela ?

Valence haussa les épaules.

— Il faut bien qu'un jour ou l'autre les mythes s'écroulent, dit-il.

— Et pourquoi ?

— Je ne sais pas.

Richard Valence leva les yeux. Face à lui, Tibère était ravagé par une vraie douleur. Le jeune homme leva la main et gifla Valence avec violence. Et puis Valence le vit vaciller, tourner le dos puis courir très vite dans la nuit qui tombait. Qu'est-ce qu'il allait bien pouvoir faire, maintenant, l'empereur Tibère ?

Valence redressa sa cravate, serra sa veste. Il faisait un peu frais. C'était dommage de ravager comme ça le visage de Tibère. Tibère savait très bien qu'il avait raison. Il n'avait même pas vraiment défendu Laura, juste pour la forme. Tibère savait pour Gabriella, il savait pour le Doryphore et sa pègre, il savait même peut-être que Laura s'était sentie suivie à son dernier séjour. C'est pour ça qu'il s'était tant inquiété de le voir se mêler de l'enquête et qu'il l'avait surveillé sans relâche pour s'interposer entre Laura et lui. Ça n'avait servi à rien, au contraire. Valence décida de ne plus y penser. Il fallait qu'il en termine. Il devait aller parler à Gabriella. À dix heures, la jeune fille n'était sûrement pas couchée. Il marcha sans se presser, ignorant les taxis qui passaient près de lui.

Gabriella n'était pas seule. C'est vrai, on était vendredi. Et Mgr Vitelli se tenait à côté d'elle, grand et sévère, et il ne décroisa pas les bras quand Valence entra dans la pièce.

— Tibère sort d'ici, monsieur Valence. Il cherchait Laura, dit l'évêque.

— C'est-à-dire qu'il vous a raconté toute notre conversation ?

— En deux mots. C'est ignoble.

— Que Mme Valhubert ait tué son mari ?

— Non. Vous, vous êtes ignoble. Est-ce que je me trompe, ou bien n'aviez-vous pas pour mission de calmer le jeu en venant à Rome ? De déposer vos conclusions en main propre à votre ministre ?

— C'est exact.

— Vous avez donc décidé de jouer votre carrière ?

— Possible.

— Pour une femme ?

— Non. Pour la vérité. Ça semble clair, non ?

— Pas tellement, je trouve. Est-ce que tu trouves, Gabriella ma chérie, que cet homme semble clair ?

Gabriella eut une moue dubitative et Valence eut l'impression qu'ils lui jouaient une scène pour l'ébranler. Tous les deux étaient ironiques et détachés, ce qu'il ne s'attendait pas à rencontrer.

— C'est évident, dit l'évêque en s'adressant à Gabriella et en oubliant la présence de Valence. Cet homme-là ne balance pas sa carrière pour la vérité. La vérité, c'est un mot, ça ne veut rien dire. Il la balance pour une femme, bien entendu, pour voir la fin de cette femme, pour la provoquer lui-même. Vieux comme le monde. « *Voir le dernier Romain à son dernier soupir, moi seul en être cause et mourir de plaisir* », ou quelque chose de cet ordre-là. Il veut casser cette femme, c'est-à-dire qu'il ne peut plus s'empêcher de vouloir la casser. En réalité, cet homme, vois-tu, Gabriella, n'a plus son contrôle. Porté par ses pulsions comme un rondin sur un fleuve en crue. Cela ne se remarque pas, mais il est hors de lui. Il y a des gens chez qui ça ne se voit pas. C'est intéressant. Et il est ainsi depuis que je l'ai rencontré pour la deuxième fois au Vatican, blême et muet. Il y avait sur ce visage les remous du fleuve qui amorce sa crue tragique, et aussi les traces d'une fuite qui commence. C'est agaçant, n'est-ce pas monsieur Valence, quand deux personnes se mettent à vous commenter comme si vous n'étiez pas là ?

— Ça m'est égal, dit Valence.

— Bien sûr. Tu vois, Gabriella, cet homme n'est pas impressionnable. Il est d'une nature assez particulière, et tout compte fait assez belle. Mais son histoire est plutôt simple, comme toutes les grandes histoires. Faut-il la conter ?

— Est-ce cette soutane qui vous donne le droit et la morgue de discourir sur les autres, monseigneur ? demanda calmement Valence en se servant à boire.

— Non, c'est la longue fréquentation des confessionnaux. Vous ne pouvez pas savoir à quel point on y parle toujours de la même chose.

— Si vous voyez si clair au cœur de tous ces êtres simples, monseigneur, vous avez dû depuis longtemps percer l'identité de l'assassin de votre ami ?

L'évêque hésita en fronçant les sourcils.

— Je le crois. Mais moi, je ne suis pas sûr de le dire un jour. J'étais venu ce matin pour vous consulter à ce sujet, mais vous n'avez même pas eu le geste de me recevoir, tout absorbé que vous étiez dans votre histoire simple, emporté par la crue de votre fleuve. C'est tout compte fait une chance, car je me serais laissé aller à dire des choses que je regretterais beaucoup ce soir. À présent, je ne vous accorde plus ma confiance, et j'attends, oui, j'attends de vous voir chuter. La crue, la cascade. La chute.

— C'est une drôle de phrase, venant d'un évêque.

— C'est que je ne vois pas d'autre solution pour vous. Chuter, et revivre.

— Parlons plutôt de la chute de Laura Valhubert. Que pensez-vous de son alibi truqué ?

L'évêque eut un mouvement d'épaules indifférent.

— Tout le monde, dit-il, peut avoir un jour ou l'autre besoin de mentir pour aller passer une nuit hors de chez soi. Il n'est pas nécessaire de commettre un meurtre en même temps. Laura va peut-être voir un ami.

— Amant, rectifia Gabriella. Maman va peut-être voir un amant.

— Vous voyez, dit Vitelli en souriant, la petite est d'accord.

— Alors vous aussi, dit Valence, elle vous hallucine, elle vous égare. Et l'argent ? Où se procure-t-elle l'argent pour sa fille ? Est-ce que vous vous en doutez au moins ?

— Chez des pillards, dit Gabriella en riant presque.

Lorenzo Vitelli avait l'air de franchement s'amuser à présent. Valence serrait les doigts sur son verre.

— Maman m'apporte de l'argent tous les mois, chantonna Gabriella.

— Le salaire qu'elle reçoit du Doryphore en échange du passage de marchandises volées, précisa Valence.

— Parfaitement, dit Gabriella. Mais maman ne vole pas. Elle transporte seulement des choses pour pouvoir nourrir sa fille. Bientôt, ça sera fini, j'ai trouvé un travail, un bon travail. Avec Henri, il n'y avait pas d'autre solution, il n'a jamais voulu qu'elle gagne sa vie. Ça lui faisait honte. Le Doryphore est un chic type. Il a réparé toute la plomberie ici.

Vitelli souriait toujours.

— Et vous, monseigneur, ça vous distrait ? Vous protégez ce trafic sans dire un mot ?

— Monsieur Valence, Laura ne m'a jamais chargé de veiller sur son âme, avec laquelle elle entend se débrouiller toute seule. Elle m'a seulement chargé de son enfant.

— Maman a horreur qu'on interfère dans sa conception de la morale, commenta Gabriella.

— Laura Valhubert trafique, elle ment, elle élève sa fille avec l'argent de la pègre, mais son ami l'évêque ferme les yeux et sa fille reconnaissante en rit ! Et là-dedans, c'est moi qui suis ignoble, c'est ça ?

— C'est ça, à peu de chose près, dit Gabriella.

— Le sort de votre mère ne vous inquiète donc pas?

— Si. Il m'inquiète depuis que vous en avez fait une affaire personnelle. Votre obstination a réussi à déglinguer Tibère qui vient de partir d'ici comme un cinglé. Mais Tibère est vite cinglé dès qu'il s'agit de maman, il perd la tête. Pas moi. Car je sais que vous n'aurez jamais le dessus sur elle. Elle vous regardera, elle rira ou elle pleurera peut-être, et puis elle repartira, quand vous, après avoir foncé sur elle, vous vous serez éclaté la tête contre un mur.

— La fameuse chute, commenta Vitelli.

— Votre mère a liquidé son mari… Ça ne vous évoque rien, ce genre d'horreur?

— L'horreur, dit Gabriella, est une idée confuse. On peut être horrible en écrasant une mouche et magnifique en tuant un homme. Lorenzo, j'en ai assez.

Valence parvenait à rester presque calme en se disant qu'au moins il avait ce qu'il était venu chercher : l'aveu que Gabriella recevait des revenus réguliers, et que tout le monde ici était tranquillement au courant de leur origine insalubre. Et que tout le monde s'en amusait, sauf Henri Valhubert qui en était mort. Il posa son verre en soupirant. Il n'avait plus qu'à compléter son rapport avec ça. Et partir.

— Votre protégée est une furie, monseigneur.

— Vous n'y connaissez rien, dit Vitelli.

— Et depuis quand les évêques s'y connaissent-ils en femmes?

— Très longue histoire. La nuit des temps, répondit l'évêque.

— Qu'étiez-vous venu me dire ce matin?

— Trop tard. Allez donc chercher votre assassin et laissez-moi me charger du mien.

— Vous tournez le dos à l'évidence.

— Et alors?

Lorenzo Vitelli ferma doucement la porte sur Richard Valence et l'écouta descendre l'escalier.

113

— Est-ce que j'ai été comme il faut, Lorenzo ?

— Parfaite, ma chérie. Tu as été parfaite.

— Je suis crevée.

— Le cynisme ne vient pas tout seul, il faut une certaine habitude. Au début, ça fatigue, c'est normal.

— Est-ce que tu crois qu'il s'est énervé ?

— Je crois au moins qu'il s'est découragé, même s'il ne s'en est pas encore aperçu. Ça va lui venir. Des interlocuteurs sincères comme Tibère, c'est de l'or pour Richard Valence, ça le galvanise. C'est ce qu'il faut à tout prix éviter. Il faut le déprimer par une indifférence générale, il faut remettre en cause ses motivations de n'importe quelle façon, jusqu'à ce qu'il lâche la rampe sans s'en rendre compte. Je ne vois pas d'autre moyen en notre pouvoir pour nous débarrasser de lui.

— J'ai peur tout de même. Tu ne crois pas un mot de ce qu'il avance, n'est-ce pas ?

— Je crois vraiment que ce n'est pas Laura qui a tué Henri.

— Tu penses à autre chose, toi ?

— C'est vrai.

— Quelque chose qui ne te fait pas plaisir ?

— C'est vrai encore.

— Qu'est-ce que tu comptes faire ?

— Attendre.

— Est-ce que c'est dangereux ?

— Peut-être.

— Je t'aime, Lorenzo. Débrouille-toi pour être prudent.

Gabriella resta les yeux dans le vide, tournant une cigarette entre ses doigts.

— Tu penses à Richard Valence ? demanda Lorenzo. Tu te dis qu'il a malgré tout quelque chose d'irrésistible et tu te demandes ce que ça pourrait bien être ?

— Lorenzo, tu es exactement le genre de curé que j'adore. On a à peine le temps de commencer à penser que c'est déjà déchiffré, formulé, disposé en petits carrés sur la table. Tu ne peux pas savoir comme c'est reposant. Il devait y avoir la queue à ton confessionnal.

L'évêque rit.

— Est-ce que tu as la réponse au moins, pour Richard Valence ?

— C'est le genre de réponse qu'on doit trouver tout seul, ma chérie.

— Sale évêque cauteleux. Est-ce que tu restes dîner avec moi ? Je sais qu'il est tard, mais c'est vendredi.

— Vendredi... dit Lorenzo, c'est poisson.

21

Richard Valence qui était sorti de sa chambre quelques heures plus tôt en pleine maîtrise de ses moyens s'exaspérait d'avoir perdu cette cohésion en si peu de temps. Il marchait vite. Cette crevure d'évêque raffiné et sa garce de protégée l'avaient mis en porte à faux, il le sentait. Il n'arrivait pas à retrouver exactement son aplomb. Comme lorsqu'on déplace un meuble très lourd et qu'on n'arrive plus ensuite à faire coïncider sa base avec ses marques laissées au sol. Ou comme lorsqu'on n'arrive plus à replier une chemise comme l'avait fait la vendeuse. Les plis du tissu sont là, bien marqués, on les suit, mais le résultat n'est plus parfait, il est personnel.

Si Tibère était passé par là maintenant, il n'aurait plus eu avec lui cette indulgence gratuite. Depuis le début de la soirée, il avait dû non seulement essuyer la gifle de ce jeune détraqué, mais ensuite affronter le mépris de cette fille et les discours hautains de son souteneur en soutane. Il était capable d'encaisser beaucoup avant de commencer à frémir, mais ce soir, il sentait qu'il n'en fallait pas plus. Il fallait qu'il mange, au fait, et qu'il dorme. Cela suffirait à rétablir le calme. Passer demain voir Ruggieri, déposer le rapport et attraper le premier train pour Milan. Attendre ensuite la réaction du ministre et aviser. Trouver un autre travail, sûrement. Son collègue Paul, si méticuleux, allait se bouffer tous les ongles en apprenant qu'il avait jeté la vérité à tous les vents. Pas grave, les ongles. Il ne fournirait d'excuse à personne. Il sentit brusquement ses jambes fléchir, et il s'appuya à un mur. Il avait faim, c'était certain.

22

Les trois garçons étaient eux aussi dans la rue, dans la nuit, Tibère allongé, les mains croisées sous la nuque, Claude assis près de lui, Néron debout.

— Est-ce que tu veux que je t'évente? proposa Néron à voix douce.

— Néron, dit Tibère, pourquoi faut-il toujours que tu sois pénible comme ça?

— Je n'aime pas te voir allongé sur le trottoir en pleine nuit, le regard crétin braqué vers les étoiles. Il y a des gens qui passent et qui te regardent, figure-toi. Et tu n'as rien d'une belle statue antique, crois-moi. Tu as tout d'un déglingué.

— Puisque je te dis que je suis un homme mort, dit Tibère.

— Néron, tu n'entends donc pas ce qu'il dit? dit Claude. Il fait le mort, il fait le mort, c'est tout! Tu n'as pas besoin de l'éventer, fous-lui la paix, nom de Dieu.

— Je ne pouvais pas deviner qu'il faisait le mort, protesta Néron.

— Ça se voit pourtant, dit Claude. C'est pas sorcier.

— Bon, alors s'il est mort, ça change tout. Combien de temps dure la veillée? demanda-t-il en s'asseyant en face de Claude, de l'autre côté du corps étendu de Tibère.

— Ça dépend de lui, dit Claude. Il a besoin de réfléchir.

Néron gratta une allumette et examina Tibère de très près.

— Ça a l'air que ça va durer un bon moment, conclut-il.

— Forcément, dit Claude. Laura va partir. Elle va être condamnée et emprisonnée.

— L'envoyé spécial ?

Claude hocha la tête.

— Ce soir, il y a quelque chose qui monte, continua Claude. Ça suinte, ça grimpe jusqu'à la gorge et ça vous tranche les jambes. C'est la fin de Laura qui monte, et tout le monde a peur et se rétracte. Quand on aura fini de veiller Tibère, je ferai le mort aussi, et il faudra que tu me veilles à ton tour, Néron.

— Et moi, qui va me veiller ? Est-ce que je vais être tout seul comme un con, avec mes bras en croix sur le trottoir ? Pourquoi pas sur un tas de fumier ?

— Vos gueules, dit Tibère.

23

Laura était entrée de manière très calme dans l'hôtel et elle avait dit que Richard Valence était prévenu de sa visite et qu'il l'attendait. Le veilleur de nuit avait été étonné, parce qu'il était déjà une heure et demie du matin, et que Valence n'avait laissé aucune consigne de ce genre. Mais il l'avait laissée passer en lui donnant le numéro de la chambre.

— Mais je crois qu'il dort, avait-il tout de même précisé. Il n'y a plus de lumière à sa fenêtre.

Depuis sa conversation avec Tibère tout à l'heure, au Garibaldi, Laura avait exactement prévu comment elle ferait pour aller trouver Richard Valence. Elle connaissait les portes de cet hôtel qu'elle avait habité longtemps avant de changer pour le Garibaldi. C'était un genre de porte assez facile, qu'on libère avec une pointe de canif. Les leçons du Doryphore allaient être utiles. Le Doryphore s'y connaissait autant en serrures qu'en plomberie.

Elle trouva Valence étendu habillé sur son lit. Il avait simplement pris le temps d'ôter sa veste et de desserrer sa cravate avant de s'endormir. C'était à peu près comme ça qu'elle s'était imaginé le trouver. Mais elle n'avait pas réfléchi à ce qui allait se passer après, comment elle allait s'y prendre. Maintenant, elle était debout dans cette chambre noire sans trop savoir comment faire. Elle s'approcha de la fenêtre et resta un quart d'heure à regarder la nuit sur Rome. Ce que lui avait appris Tibère lui avait donné un véritable choc. Valence avait réussi à presque tout savoir et elle était encerclée. Pourquoi merde en était-il arrivé là ? C'était si triste.

Laura soupira, quitta la fenêtre et le regarda. Un de ses bras tombait le long du lit et sa main touchait le plancher. Avant, elle avait aimé ses mains. Maintenant, aurait dit Tibère, c'était devenu des mains pour détruire, et elle ne voyait pas quoi faire contre ça. Elle s'assit sur le bord du lit, les bras serrés contre son ventre. Même endormi, il n'avait pas l'air inoffensif. Elle aurait volontiers bu quelque chose. Ça lui aurait certainement donné du cran pour le moment où il se réveillerait et où il faudrait qu'elle se tienne prête. Il ne fallait à aucun prix qu'il se doute qu'elle ne tenait plus qu'à un fil. Avant, elle n'avait pas peur de lui. Elle pouvait le toucher sans s'inquiéter. Elle approcha sa main et la posa à plat sur sa chemise, sans le réveiller. Elle se souvenait de ce contact. Elle pourrait essayer de rester comme ça jusqu'à ce qu'elle n'ait plus peur, jusqu'à ce qu'elle retrouve le calme qu'elle avait, avant, quand elle l'aimait.

Elle n'avait plus envie de se battre. La mort d'Henri, son visage repoussant sur le chariot de la morgue, les pressions d'Édouard Valhubert, le harcèlement autour de Gabriella, son trafic de marchandises dont on allait faire tout un scandale, et Richard Valence qui dressait toute sa taille contre elle. Ça faisait trop en une seule fois. Le front posé sur son poing, l'autre main posée sur Valence, Laura se sentait s'endormir par saccades. Lorenzo, Henri et Richard ne lui avaient pas rendu la vie facile. Elle ne regrettait pas le meurtre d'Henri, elle en était sûre à présent. Si elle avait pu s'endormir comme ça, sur sa main, ou bien même dormir contre lui, et repartir au matin, débarrassée de sa peur. Pourquoi, bon Dieu, ne pouvait-elle pas faire ça, alors que c'était si simple ?

Elle se leva lentement et fit le tour de la pièce à tâtons pour chercher quelque chose à boire. Le bruit du verre alerta Valence qui se dressa en sursaut.

— Ne t'inquiète pas, dit-elle, je me sers un verre.

Richard Valence alluma et elle se protégea les yeux. C'était fini, l'obscurité.

— Est-ce normal que je vous trouve en train de boire dans ma chambre au milieu de la nuit ? demanda Valence en se relevant sur un coude.

— Est-ce normal que tu aies préparé sur ton bureau mon arrêt de mort ? Qu'est-ce que c'est que ça ? C'est du gin ?

— Oui.

Laura fit la moue.

— S'il n'y a que ça, dit-elle en se servant largement.

Valence s'était mis debout, frottait son visage et enfilait sa veste.

— Tu sors ?

— Non. Je m'habille.

— C'est plus prudent, dit Laura.

— Qu'est-ce que tu viens chercher ? Ta rédemption ? Tu ne l'auras pas.

— Si.

— Non. Par où es-tu entrée ?

— Par la fenêtre, comme les vampires. Est-ce que tu sais, Richard, que les vampires ne peuvent entrer dans les chambres que si le dormeur désire ardemment qu'ils y entrent ?

— Je ne désire pas ardemment que tu sois dans cette chambre.

— Je le sais. C'est bien pour ça que je suis entrée en forçant la porte, comme tout le monde. Débarrasse-toi de ce rapport et je m'en vais.

— Tu sais tout ce qu'il y a dedans ?

— Je crois, oui. Tibère était un peu exalté, mais précis.

— Va-t'en, Laura.

— Tu as l'air claqué.

— N'importe quelle enquête est claquante. Laisse-moi maintenant.

— C'est tout ce que tu arrives à dire depuis que je t'ai revu : « Laisse-moi. » Et toi, est-ce que tu me laisses tranquille ?

— Moi, je n'ai tué personne.

— Te rends-tu compte du scandale politique que tu vas déclencher en France? Qu'est-ce que ça peut te foutre que j'aie tué Henri? Ça ne vaut tout de même pas ta carrière.

— Complicité tacite d'assassinat, c'est ça que tu veux de moi?

— Pourquoi pas?

— Qu'est-ce qui te fait croire que je marcherais?

— Beauté du geste, noblesse de l'âme, souvenirs. Tout ça.

— Arrête avec ce gin, Laura.

— Ne t'en fais pas, je t'avertirai au moment exact où je serai ivre. Tu te débarrasses de ce rapport?

— Non. Mais je vais profiter de ta présence pour l'améliorer. Tu es donc en cheville avec le banditisme romain? Tu trafiques?

— Mais non. C'est ma valise qui trafique. Quand j'arrive à Rome, il n'y a rien dedans. Quand je repars, il y a des tas de trucs inouïs. Qu'est-ce que je peux y faire? Elle vit sa vie de valise, cette valise. Si ça lui plaît de trimballer des tas de bricoles, c'est son affaire, je ne vais pas m'en mêler. On ne quitte pas une valise sous prétexte qu'elle prend de temps en temps son indépendance. C'est comme un enfant fugueur, il faut s'y habituer. De toute façon, je suis persuadée que ça recommencerait avec n'importe quelle valise. Tiens, l'autre jour, ça a commencé avec mon sac à main, par contagion, je suppose. Léger à l'aller, lourd au retour. C'est bien, Richard, prends des notes, prends des tas de petites notes. C'est magique, ces petites notes qui s'ajoutent les unes aux autres, Laura Valhubert ceci, Laura Valhubert cela, Laura Valhubert cache sa fille dans un trou à rats, Laura Valhubert trimballe des valises, et elle finit par boire du gin dans la chambre de son tortionnaire et ex-amant dont elle a forcé la porte. Écris tout cela, mon chéri, ça fera un rapport magnifique. Si, je t'assure. Magnifique.

— Qu'est-ce qu'il y a dans cette valise?

— Demande-lui, Richard, c'est sa vie de valise. Je crois qu'elle ramasse un peu tout ce qu'elle trouve. On a les valises qu'on mérite. Note ça.

— Ça dure depuis combien de temps?

— Depuis qu'elle a atteint sa maturité sexuelle. Chez les valises, ça vient jeune. En ce qui concerne la mienne, ça fait depuis vingt-trois ans au moins. Ma valise est déjà une vieille prostituée.

— Ça rapporte?

— Pas mal. Ce qu'il fallait pour Gabriella.

— Ça ne te fait pas honte?

— Ça te fait honte à toi?

Valence ne répondit pas et griffonna quelque chose.

— Applique-toi en écrivant, dit Laura. L'essentiel dans la vie est de bien s'appliquer.

— Pourquoi l'évêque est-il au courant?

— Un jour qu'il m'accompagnait au train, ma valise a craqué devant lui. Impressionnée par l'habit épiscopal, je suppose. Je me souviens, ce jour-là, il portait sa croix pectorale, je ne sais plus pourquoi. Bref, cette valise s'est effondrée brusquement, elle a vidé ses entrailles, ce n'était pas beau à voir tu sais, j'avais honte pour elle.

— Tu as fouillé le bureau de ton mari et tu as trouvé les rapports de Martelet?

— Oui, Richard.

— Tu t'étais sentie filée à ton dernier séjour à Rome?

— Oui, Richard.

— Tu as malgré tout été retrouver le Doryphore et sa troupe.

— Je n'ai remarqué Martelet qu'au lendemain matin, en allant voir Gabriella.

— Qu'as-tu pensé en découvrant ces rapports? Qu'as-tu pensé en apprenant le projet d'Henri de partir pour Rome?

— J'ai pensé que j'étais dans la merde et qu'Henri était un merdeux.

— Le samedi, tu as rallié ta maison de campagne, toute proche de l'aéroport.

— C'est une maison très conciliante.

— Tu as programmé les lampes et vers six heures du soir, tu as filé. Tu es revenue en fin de matinée, tu t'es couchée et tu as appelé la gardienne pour ton petit déjeuner. C'est ce qu'on appelle s'établir un faux alibi.

— S'établir un alibi tout court, mon chéri. En justice, ça ne pardonne pas.

— Ensuite, tu es revenue à Rome. Tu as bravement identifié le corps, tu as prévenu tes chers amis de se tenir tranquilles et tu as attendu que la miraculeuse protection gouvernementale enfonce l'affaire dans l'oubli.

— Comme tu voudras, mon chéri. Écris-le comme tu le sens, écris-le comme ça si ça te plaît.

— Tu es saoule, Laura.

— Pas encore. Je t'ai dit que je t'avertirais. Ne sois pas si impatient, ça ne se fait pas comme ça, surtout quand on a mon endurance.

— C'est bien, dit Valence en repliant ses notes. Je crois qu'il ne nous manque rien.

— Si, ma tête dans le panier.

— On n'exécute plus. Tu le sais bien.

— C'est chic quand tu dis ça, Richard. Tu as rempli tous ces papiers sur moi ? Tu t'es beaucoup occupé de moi ces derniers jours. Ça me touche. C'est un très beau dossier. Donne-le-moi, maintenant.

— Laisse tomber, Laura.

— Il y a un point sur lequel tu ne m'as pas questionnée. C'est la ciguë.

— Eh bien ?

— Quand ai-je pu la fabriquer ? Où ça ? Comment ? C'est tout de même essentiel. Tu as négligé cette affaire de ciguë.

Mécontent, Valence rouvrit son dossier.

— Qu'est-ce que ça a comme importance ?

— Tous les détails comptent, Richard. Tu dois bétonner cette accusation.

Très bien. Où as-tu pris cette ciguë ?

— Chez le fleuriste, je suppose. Il n'en pousse pas à

125

Paris, ni dans ma campagne. Enfin, je n'ai jamais regardé. C'est une ombellifère, c'est tout ce que je sais.

Valence haussa les épaules.

— Où l'as-tu préparée ?

— Dans les toilettes de l'avion, sur un petit réchaud.

— Où l'as-tu préparée, Laura ? Chez toi ?

— Non. Pendant qu'on faisait la queue à l'aéroport. J'ai demandé un bol et un pilon à l'hôtesse. C'est facile à trouver.

— Tu cherches à m'énerver, Laura ?

— Mais non, je cherche désespérément à t'aider. Je m'y mets de toutes mes forces pour chercher où j'aurais bien pu trouver et préparer cette saleté de ciguë. L'ennui, c'est que je ne suis pas sûre de faire la différence entre la ciguë et le cerfeuil. Est-ce qu'Henri n'est pas mort d'une indigestion de cerfeuil ?

— Cette fois, tu es ivre, dit Richard en refermant violemment son dossier.

— Cette fois, c'est bien possible. Il n'empêche que cette saleté de ciguë est bien contrariante, tu ne trouves pas ?

— Non.

Laura se leva et prit le dossier. Elle le feuilleta d'un geste imprécis, en retenant d'une main les cheveux qui l'empêchaient de lire. Avec un soupir, elle écarta les doigts et laissa tomber les feuillets par terre.

— Quelle connerie, Richard, dit-elle. Toutes ces lignes les unes après les autres, c'est sinistre. Mais tu ne comprends donc rien ? Tu ne te rends compte de rien ?

Maintenant, les larmes venaient. Ça, c'est bien les femmes, pensa-t-elle fugitivement. Elle serra la base de son nez avec les doigts pour les comprimer.

— Tu ne comprends donc rien ? Toutes ces horreurs ? Cet avion, aller-retour en une nuit ? Cette ciguë ? Ce meurtre dégueulasse pour une histoire de fric ? Mais tu ne vois donc rien ?

Les larmes l'empêchaient de parler normalement. Elle dut crier :

— Qu'est-ce que tu m'as foutu sur les épaules, espèce

126

de salaud ? Tu m'as foutu un chargement de sang que tu veux que je transporte jusqu'au pied du tribunal ? Mais tu ne comprends donc pas que je n'ai pas touché à Henri ? Que je ne touche jamais à personne ? Gabriella cachée, la valise à merveilles, oui, tout ça, tout ce que tu veux ! Mais pas la ciguë, Richard, pas la ciguë ! Tu n'es qu'une saleté de merde, Richard. Samedi soir, j'ai programmé les lampes, oui, et je ne suis pas rentrée de la nuit, oui. Mais je n'étais pas à Rome, Richard, pas à Rome ! Il fallait bien que je prévienne les receleurs, à présent qu'Henri était sur le point d'éventer notre combine. J'ai passé la nuit à faire la tournée pour leur dire qu'ils se garent. Je ne suis revenue qu'au matin. Et ensuite, on m'a appelée de là-bas, pour me dire qu'Henri avait été tué. Mais est-ce que tu te rends bien compte que je suis incapable de trouver de la ciguë dans un champ de radis ? Je m'en fous de la ciguë ! Je m'en fous !

Laura chercha un fauteuil et s'y laissa tomber en enfermant son visage dans ses bras. Richard Valence ramassait les feuilles éparpillées au sol.

— Tu me crois ? demanda-t-elle.

— Non.

Laura redressa la tête, essuya ses yeux.

— C'est ça, Richard. Ramasse proprement ton « Affaire Valhubert ». Remets ça bien en ordre et envoie ça aux flics. Et puis pars, mais pars, bon Dieu, pars !

Elle se leva. L'oppression l'empêchait de marcher droit. Elle chercha la porte.

— Tu vas aller porter ça à ton petit flic de merde demain matin ?

— Oui, dit Valence.

— Quand tu t'es tiré, il y a vingt ans, j'ai hurlé. Pendant des années, je me suis concentrée pour ne pas perdre ton image. Et quand je t'ai croisé, l'autre soir, j'étais émue. Maintenant, je souhaite que tu déposes ta saleté de dossier, je souhaite que tu partes, et je souhaite que la vie te fasse rendre l'âme de lassitude.

Valence la suivit des yeux pendant qu'elle longeait le couloir jusqu'à l'escalier et qu'elle ratait la première marche. Il sourit et referma sa porte en donnant cette fois un double tour de clef. Il avait toujours bien aimé quand Laura était ivre. Ça exagérait la nonchalance approximative de ses mouvements. À jeun déjà, elle arrivait à donner l'impression d'être légèrement grise. Il aurait dû la raccompagner, mais elle aurait refusé, et lui, sur le coup, n'y avait pas pensé.

Il ne regrettait pas cette confrontation avec Laura. Il l'avait beaucoup admirée pendant une heure, sans trouble, en spectateur contemplatif d'attitudes dont il avait oublié toute la singularité, spectateur de l'arc du profil, qui s'était si parfaitement contracté quand elle avait pleuré, spectateur des gestes inachevés avec lesquels elle effleurait toutes les choses. Il respectait ce courage si naturel avec lequel Laura savait toujours, mieux qu'avant peut-être, défier, pleurer et insulter, et finalement partir, magnifiquement terrassée. La séduction de cette alternance entre le mépris et l'abandon était restée intacte depuis vingt ans. Avant, cela le bouleversait. Maintenant, il avait seulement très mal à la tête. Il se recoucha tout habillé.

24

Il était très tard, presque l'heure de déjeuner, quand Valence se présenta le lendemain au bureau de Ruggieri. Il s'était réveillé en sursaut et avait fait son possible pour défroisser son costume. Ça faisait longtemps qu'il n'était pas sorti dans une tenue aussi négligée. Ses heures de sommeil avaient été difficiles après le départ de Laura et ne l'avaient pas reposé. Il avait une barre lourde au-dessus des yeux.

Ruggieri n'était pas là. Valence frappa du pied dans le couloir. Il ne pourrait pas être à Milan ce soir s'il ne trouvait pas Ruggieri. Aucun des collaborateurs restés au bureau ne pouvait le renseigner. Qu'il repasse plus tard.

Valence s'éreinta à marcher deux heures dans les rues de Rome. À présent, l'image du train qui l'emmènerait hors de Rome devenait obsessionnelle. Il passa à la gare centrale pour prendre les horaires. Avoir les horaires dans sa poche le rapprochait matériellement du départ. Il avait l'impression qu'il ne serait bien qu'une fois dans ce train, que son mal de tête ne disparaîtrait qu'avec lui, que s'il s'attardait trop ici, il allait survenir quelque chose de désagréable. Il s'arrêta devant une vitrine et se regarda. Avec sa barbe qu'il n'avait pas rasée ce matin, il se trouva quelque chose d'un homme en fuite, et il eut à nouveau l'impression pénible, comme la veille au soir quand il avait dû s'appuyer contre un mur, que

129

sa force se dérobait par blocs. Il acheta un rasoir, chercha un café et se rasa dans les toilettes. Il recoiffa avec ses doigts ses cheveux qui s'étaient emmêlés avec la sueur du sommeil dans la chambre chaude. Rome, si on n'y prête pas attention, vous saisit dans sa moiteur crasseuse beaucoup plus vite qu'on ne l'imagine. Il passa ses bras et son torse sous l'eau, referma sa chemise humide et se sentit mieux pour retrouver Ruggieri. Pourvu que cet imbécile soit revenu à son bureau. Il n'avait plus que six heures à peine avant le départ du train.

Ruggieri n'était pas repassé. Il y avait beaucoup d'agitation dans les locaux. On avait tué quelqu'un pendant la nuit, vers trois heures du matin, sur la Via della Conciliazione. On lui avait tranché la gorge et la tête s'était presque détachée. Un tout jeune flic lui racontait ça, affaibli sur un banc du couloir. Il n'avait pas pu endurer le spectacle et ses collègues l'avaient ramené.

— Tout s'est mis à tourner d'un coup, disait-il doucement. Il paraît que ça passera avec de l'habitude.

— Ruggieri était là-bas depuis ce matin ? questionna Valence avec impatience.

— Mais je n'ai pas envie de prendre l'habitude de voir des trucs comme ça. Tout ce sang, sur ces habits noirs, et les pigeons autour...

Le jeune garçon hoqueta et Valence lui colla une claque brutale sur le dos pour le redresser.

— Ruggieri ? répéta-t-il.

— Ruggieri est là-bas, avec elle, avec la morte, depuis ce matin, répondit le jeune flic. Il dit qu'il veut s'en occuper personnellement, bien que ce ne soit pas son secteur. Il a l'air très démonté. C'est l'affaire Valhubert qui continue.

— *Elle* ? demanda Valence dans un souffle. Ruggieri est avec *elle* ?

Sa main se serra sur l'épaule du garçon. Il s'entendit parler de manière presque inaudible.

— Elle qui?

— Je ne sais pas son nom, monsieur. Je sais juste qu'elle a été tuée.

— Décris-la, nom de Dieu!

— Oui, monsieur. Elle a un beau visage, la quarantaine ou un peu plus, je ne sais pas. Avec tout ce sang, ce n'est pas facile de se rendre compte. Elle a des cheveux noirs sur le visage et la gorge tranchée. Il y a là-bas un évêque qui a l'air de très bien l'avoir connue, et un jeune homme qui a un nom d'empereur et qui était presque aussi mal que moi.

Valence ferma les yeux. Son corps venait d'éclater en des tas de morceaux incontrôlables. Il sentait son cœur cogner dans ses jambes, dans sa nuque, et ce grondement l'affolait.

— L'adresse, cria-t-il, l'adresse… vite!

— Presque en haut de l'avenue, sur la gauche, en regardant Saint-Pierre.

Valence le lâcha et se précipita dehors. Il ne pouvait pas prendre un taxi. L'idée de devoir parler à quelqu'un, de donner une adresse, de sortir de l'argent, de rester assis au fond d'une voiture lui semblait irréalisable. Il partit à pied, en courant quand il le pouvait. Pourquoi, mais pourquoi est-ce qu'il ne l'avait pas raccompagnée? De son hôtel jusqu'au Garibaldi, elle avait dû prendre directement le pont Saint-Ange, puis les quais, puis la Via della Conciliazione. À trois heures du matin, pendant qu'il se rendormait, elle devait la remonter lentement, un peu voûtée, les bras serrés, retenant les pans de son manteau noir. Elle devait réfléchir en marchant à pas longs et incertains, un peu ivre, un peu ailleurs. Et on l'avait tuée.

Il vit d'assez loin le groupe de policiers qui avait bloqué la circulation sur une moitié de l'avenue. Il courut. Dans la poche de sa veste, il y avait son rapport, qu'il avait plié ce matin dans une enveloppe. «Quelle connerie, mon pauvre Richard! Mais tu ne comprends donc en ? Tu ne te rends compte de rien ? » Mais de quoi aurait-il dû se rendre compte ? De quoi ?

Ruggieri écoutait un témoin quand Valence arriva à sa hauteur. Le corps était sous une toile et dix flics l'encadraient. Ruggieri le regarda s'approcher.

— Vous êtes essoufflé, monsieur Valence, dit-il. On m'a prévenu que vous me cherchiez. Navré de ne pas vous avoir appelé, mais vous comprenez, avec ça… Pas eu le temps. Ça change tout. On a fait fausse route depuis le début, j'en ai peur.

Ruggieri se retourna vers le témoin qui attendait. Il était trempé de sueur.

Valence se rapprocha du corps recouvert et s'accroupit en posant ses deux mains par terre. Le sol ne lui paraissait pas stable. Un des plantons s'apprêta à le faire reculer.

— Laissez-le, intervint Ruggieri. Lui, il a le droit de voir. Je vous préviens, monsieur Valence, c'est pénible, mais si vous y tenez…

Valence respira fortement et fit un signe au planton.

— Soulevez cette toile, lui dit-il doucement.

Avec une grimace, le flic enjamba le corps et repoussa la toile pour dégager le haut du cadavre.

Ruggieri surveillait Valence. Il y avait déjà eu trois évanouissements depuis ce matin, et la lividité de ce grand visage ne lui disait rien de bon. Mais Valence ne s'évanouit pas. Au contraire, il parut se détendre.

— C'est Maria Verdi, murmura Valence en se relevant lourdement. C'est Maria Verdi, la Sainte-Conscience-des-Archives-Sacrées de la Vaticane.

— Vous ne le saviez pas ?

Valence eut un geste qui signifiait qu'il ne voulait plus qu'on lui parle. Il étendit la main pour rabattre la toile sur le visage régulier et pincé de l'Italienne, et maintenant seulement, cette main tremblait violemment.

— Vous êtes fatigué, monsieur Valence, dit Ruggieri. Vous pouvez aller m'attendre à mon bureau, j'ai presque fini ici.

Une civière arrivait. On souleva le corps, et les portes du camion claquèrent sur lui. Valence tourna le dos et s'en alla.

L'hôtel Garibaldi était à deux pas. Laura était au bar, sur un haut tabouret, l'air de se foutre de tout ce qui l'entourait. Valence s'assit à côté d'elle et demanda un whisky. Il tremblait encore légèrement. Laura le regarda.

— Je veux être seule, dit-elle.

Valence se mordit les lèvres. Il valait mieux qu'il attende d'avoir bu un peu de whisky avant de parler, pour se retrouver aussi détaché qu'il était cette nuit avec elle.

— Il s'est passé quelque chose ce matin, dit-il enfin en reposant son verre.

— Mon pauvre Richard, si tu savais comme je m'en fous.

— Quelqu'un a tranché le cou de Maria Verdi, la Conscience de la Vaticane, à trois heures du matin, Via della Conciliazione.

— Qu'est-ce qu'on lui reprochait, à cette pauvre femme ?

— Je ne sais pas encore. Tu la connaissais ?

— Bien sûr. Comme ça. Depuis le temps que je hante la Vaticane… Maria était déjà là quand Henri faisait ses études. Les garçons m'en parlent souvent.

— Où étais-tu cette nuit à trois heures ?

— Ça te reprend ? Tu ouvres un nouveau chapitre ?

— Tu m'as quitté vers deux heures et demie du matin. Il faut un quart d'heure pour atteindre la Via della Conciliazione à jeun, et une demi-heure quand on est ivre.

— Tu n'écris pas aujourd'hui ? Tu ne prends pas de notes ? Tu crois que je vais parler comme ça, dans le vide, sans personne pour consigner mes phrases ? Tu rêves, Richard. Allez, pars, je n'ai plus envie de te voir.

Valence ne bougea pas.

133

— Alors, c'est moi qui m'en vais, dit Laura en se laissant tomber du tabouret.

Elle traversa le bar.

— Au fait, Richard, dit-elle depuis la porte sans se retourner, je ne suis pas passée par la Conciliazione cette nuit. Démerde-toi avec ça. Essaie de savoir si je mens ou non. Ça t'occupera.

25

Valence repassa à son hôtel pour se changer complètement. Il sortit le rapport Valhubert de sa veste et le
jeta sur sa table. Il fallait qu'il reprenne tout ça, avec
ce nouveau meurtre. Les choses s'étaient beaucoup
embrouillées en quelques heures et le pire était qu'il se
sentait en cet instant incapable de comprendre quoi que
ce soit. Depuis qu'il s'était levé, les événements l'avaient
poussé d'un endroit à un autre, sans qu'il puisse contrôler son corps. Le train pour Milan partait dans deux
heures, avec son salut à portée de main. Il avait encore le
temps de tout abandonner, mais ce choix même lui semblait trop complexe à débattre. Il fut presque heureux de
découvrir Tibère à nouveau à son poste, devant la porte
de son hôtel. Ça lui éviterait d'être seul jusqu'au bureau
de Ruggieri. Cela lui sembla d'ailleurs presque naturel de
le trouver sur sa route, avec cette fidélité tenace.

— Tu n'as pas l'air d'aller, lui dit Valence.

— Toi non plus, dit Tibère.

Valence reçut ce tutoiement soudain avec un peu de
raideur. Mais il se sentait trop mal en point pour avoir
l'énergie de remettre Tibère à sa place.

— Qu'est-ce qui te prend de me tutoyer ? dit-il seulement.

— Honneur dû aux mourants par les princes, commenta Tibère.

— C'est gai.

— Ce n'est pas si triste. J'ai bien été mort, moi, hier soir.

— Ah oui ?

— Claude et Néron m'ont veillé jusqu'à deux heures du matin. Puis Néron est tombé de sommeil comme une masse sur le trottoir et Claude m'a suggéré que, peut-être, ça suffisait comme ça. Alors ils sont partis se coucher et j'ai été marcher un peu avant de rentrer. Et depuis que Lorenzo m'a informé du meurtre de Sainte-Conscience, ça va beaucoup mieux, encore que je l'aimais bien et que de la voir dans cet état, répandue, ça m'a rendu malade pendant deux heures. Donc, si moi je vais mieux, il est logique que vous alliez moins bien.

— Explique-toi.

— Laura n'a pas tué Sainte-Conscience, parce que ça n'aurait pas de sens. Ces deux femmes n'avaient aucun rapport entre elles. Qu'est-ce que Sainte-Conscience aurait bien pu savoir qui menaçait Laura ? Rien. Sainte-Conscience ne sait pas grand-chose en général, sauf en ce qui concerne les livres de la Vaticane. On revient donc à l'hypothèse de départ, le Michel-Ange. Et Laura vous échappe. Elle vous échappe, et moi je respire. Il va vous falloir drôlement courir à nouveau pour la rattraper. Il va vous falloir drôlement réfléchir.

— Je n'arrive pas à réfléchir, Tibère. Marchons.

— Vous n'allez pas bien et j'en suis heureux. Ça ne vous arrange pas ce meurtre, n'est-ce pas ? C'est incompréhensible et odieux ?

— J'ai cru que c'était Laura qu'on avait égorgée.

— Vous avez été déçu ?

— Non. Soulagé. C'est pour ça que je n'ai même pas eu le temps d'examiner le sens de ce nouveau meurtre. J'ai seulement eu le temps de me convaincre que Laura Valhubert était encore vivante.

— Est-ce que vous l'aimez encore ? demanda Tibère en faisant la moue.

Valence s'arrêta et scruta Tibère qui, mains croisées dans le dos, regardait loin devant lui, l'air innocent.

— Elle t'a raconté?

Tibère hocha la tête. Valence se remit à marcher.

— Alors, reprit Tibère, vous ne m'avez pas répondu. Est-ce que vous l'aimez encore?

Valence laissa passer un nouveau silence. Il n'avait pas l'habitude qu'on l'interroge aussi crûment.

— Non, dit-il.

— Tant mieux, dit Tibère.

— Pourquoi?

Tibère se retourna.

— Parce qu'après tout, vous étiez en Italie le soir de la mort d'Henri, non? Milan n'est pas loin de Rome. Et si vous aviez toujours aimé Laura... Mais personne n'a songé à vous demander ce que vous aviez fait de votre soirée.

— Tu es stupide, dit Valence. J'ai rendez-vous avec Ruggieri, je t'abandonne.

— Je vous attends dehors, de toute façon.

La porte du bureau de l'inspecteur était ouverte. Valence entra et s'assit.

— Alors, monsieur Valence, dit Ruggieri, vous êtes remis de vos émotions?

Valence leva rapidement les yeux. Ruggieri eut aussitôt un geste d'apaisement.

— Je vous en prie, dit-il, je n'ai pas voulu vous offenser. Ça ne vaut pas la peine de prendre feu à la moindre étincelle.

Valence étendit ses jambes devant lui.

— Comment a-t-on pu attirer cette femme dehors, en pleine nuit, pour l'égorger? demanda-t-il.

— On ne l'a pas attirée. Les proches de Maria Verdi connaissent ses manies. Elle les racontait volontiers. Une ou deux fois par semaine, Maria, pour calmer ses insomnies, descendait dans la Via della Conciliazione, qui est toute proche de chez elle, pour aller se poster devant Saint-Pierre à qui elle adressait une muette rière. C'était une vieille habitude, prise depuis qu'une nuit elle avait cru voir «quelque chose de blanc» éclaircir la coupole de notre grande église.

— Admettons. Qui était au courant?

— Tous ceux qui l'ont approchée un peu régulièrement à la Bibliothèque et tous ceux qui se racontaient cette histoire en riant; tous les lecteurs par exemple, j'imagine. Pour le meurtrier, il était bien plus facile de la tuer dans la rue que chez elle. Personne n'a été témoin du crime. L'assassin a dû la saisir par-derrière, lui bloquer les bras sur les reins, et lui passer la lame d'un seul coup sur la gorge sans y revenir. Il faut une sacrée force, ou bien une sacrée détermination pour réussir un coup pareil. Son corps a ensuite été poussé sous une camionnette en stationnement. C'est pour cela qu'on ne l'a découverte qu'assez tard ce matin.

— Quel est votre avis?

— Simple. Maria Verdi n'a rien à voir avec les drames internes de la famille Valhubert. Bien sûr, elle connaissait Gabriella, comme tout le monde au Vatican. Mais ses relations avec les Valhubert s'arrêtent là. Il y a donc toutes les chances pour que Maria Verdi soit morte à cause de la Bibliothèque. C'est elle qui délivrait les fiches de prêt et qui veillait sur les réserves.

— Vous voulez dire qu'on revient à Michel-Ange?

— Après un long détour, oui. Il faut croire que le motif invoqué par Henri Valhubert pour son voyage était bien le bon, et que le voleur se sentant talonné s'est débarrassé de lui aussitôt. Tout laisse penser, à présent, que Maria Verdi, mise en alerte depuis ce meurtre, a découvert quelque chose de précis concernant ces vols et qu'elle s'est sans doute trahie par bêtise. Tout le monde s'accorde à dire qu'elle n'avait pas inventé la bougie. J'incline à penser que le voleur devait être un usager qu'elle connaissait bien, voire qu'elle aimait bien, et qu'elle aura tenté de lui parler pour l'amener à raison, avec la confiance candide qui semblait être son lot.

— En ce cas, l'évêque ne pourrait-il pas nous aider nouveau?

— Je l'ai fait appeler dès la découverte du cadavre de Maria Verdi. J'ai tâché de le faire parler mais il reste sombre. Peut-être Maria Verdi lui avait-elle confié quelque chose, peut-être que non. Pour le moment, il se tait, il dit qu'il ne voit pas quoi dire. S'il continue à faire cavalier seul, c'est lui qui va se trouver en danger. Si je suis bien renseigné, il s'est présenté hier matin à votre hôtel pour vous parler en urgence, n'est-ce pas?

— Vous êtes bien renseigné, mais je ne l'ai pas reçu. Je l'ai revu le soir, mais il avait décidé en dernier ressort de tout garder pour lui.

— Il doit avoir une excellente raison de se taire, et ce n'est certainement pas la peur d'être à son tour assassiné. Tel que je perçois l'homme, il ne manque pas de courage physique. En revanche, il est capable d'attachements profonds, on en a des exemples avec Gabriella ou avec les trois jeunes gens qui se sont placés sous son aile.

— Ou avec Laura Valhubert.

— Bien sûr. En outre, c'est un homme à qui la pratique du confessionnal a manifestement donné une conception toute personnelle de la justice, et du bien et du mal. Ce que nous nommerions complicité, il l'appellerait respect de la confession. J'imagine que pour lui, les fautes peuvent être traitées directement avec l'essence divine, sans en passer par le tribunal terrestre. Je le crois donc capable, pour toutes ces raisons, de se taire pour protéger quelqu'un qui lui tiendrait à cœur. Et je crains que rien ne puisse ébranler ce genre de mutisme.

— Qui protégerait-il?

Ruggieri écarta les mains avec un soupir.

— L'évêque a beaucoup d'amis, c'est tout ce qu'on peut dire.

— Quel est votre programme?

— À cinq heures, on procède à la perquisition au domicile de Maria Verdi. Voici l'adresse, si ça vous tente. Elle n'a pas de famille, pas de confident, en bref, personne

u'on puisse interroger autour d'elle. Que vouliez-vous
ne dire de si important ce matin ?

Valence s'appuya contre le dossier de sa chaise. La
valise de Laura Valhubert qui est légère au départ et
lourde au retour. Son alibi truqué le soir du meurtre, les
rapports du détective Martelet. Il avait envie de garder
tout ça pour lui, car pour l'instant, il ne voyait pas de
place pour le cadavre de Maria Verdi dans cette
construction, même si Laura s'était trouvée précisément
à proximité à l'heure du meurtre. Ça viendrait peut-être.

— Ce n'était rien, dit Valence.

— Alors vous aussi, vous vous mettez à vous taire ?
C'est une manie. Tout le monde perd la mémoire ici.

— Ne vous énervez pas, Ruggieri.

— Je m'énerve si je veux. Vous n'avez pas l'exclusivité
de l'énervement.

26

Tibère attendait Valence devant les bureaux de police, adossé à un réverbère.

— Est-ce que tu as eu le temps de manger aujourd'hui ? lui demanda Valence.

— Oui, mais je peux recommencer.

— Alors viens avec moi. J'ai une bonne heure devant moi avant la perquisition chez Maria Verdi. Tu me suivras aussi là-bas ?

— Je ne crois pas. J'ai un rendez-vous.

— Méfie-toi, Tibère. Je n'ai pas renoncé, au contraire, à la culpabilité de Laura Valhubert.

— Très bien. Je viendrai.

— Cette filature est la meilleure que j'aie subie de ma vie.

— On vous a déjà filé ?

— Jamais.

Richard Valence et Tibère arrivèrent en retard et sans se presser à la perquisition chez Sainte-Conscience-des-Archives. Ils s'étaient installés à une terrasse de café de la place Santa Maria in Trastevere, où Tibère avait entraîné Valence sous prétexte que c'était «la petite place idiote qu'il aimait». Ils avaient sans se concerter écarté toute discussion heurtée sur l'affaire et ils avaient passé une heure et demie à se concentrer pour décider quelle pouvait être la boisson qui désaltérait le mieux en le moins de temps possible et avec le plus de plaisir. Il ne faut faire varier qu'un seul paramètre à la fois, disait Tibère, au lieu de quoi on emmêle tout. On peut décider d'examiner séparément la question de la couleur du liquide, ou des <u>bulles</u>, ou de l'amertume, par exemple. Les bulles font perdre du temps quand on boit, remarqua Valence. C'est vrai, admit Tibère en arrivant à la hauteur de l'attroupement policier qui cernait l'immeuble de Sainte-Conscience, mais qu'est-ce qui prouve que c'est la vitesse d'absorption qui <u>désaltère</u>? Rien. On a posé ça comme postulat de départ, mais on ne l'a pas prouvé.

— Attends-moi un instant, dit Valence en le retenant par le bras. Il se passe quelque chose d'anormal ici. Reste là, tu n'es pas autorisé à m'accompagner.

— Ce n'est pas utile de me dire d'attendre, dit Tibère en s'asseyant sur une voiture. Tant que vous n'aurez pas lâché Laura, je ne vous quitterai pas parce que je ne vous fais pas confiance.

— Excellentes dispositions, Tibère.

Valence marcha rapidement jusqu'au porche de l'immeuble. Ruggieri l'appela de l'une des fenêtres du premier étage.

— Monsieur Valence, montez, je vous prie! Venez voir ça avant qu'on y remette de l'ordre!

— Qu'est-ce qu'il y a de si extraordinaire? demanda Valence en levant la tête.

— Les scellés étaient brisés à notre arrivée. L'appartement est dévasté.

— Merde.

Valence fit signe de loin à Tibère en désignant sa montre qu'il allait en avoir pour plus longtemps que prévu. Tibère lui fit comprendre que ce n'était pas grave, qu'il le remerciait de le prévenir. Valence monta à l'appartement. Le lit avait été basculé, les tableaux et les calendriers religieux décrochés et jetés à travers la pièce, les tiroirs retournés, les potiches renversées.

Valence traversa la pièce, sans toucher à rien. Ruggieri était furieux.

— Avoir le culot d'<u>arracher les scellés</u>, vous rendez-vous compte ? Le type a fouillé ici pendant dix minutes, jusqu'à ce que le voisin intervienne. Dix minutes, ça laisse le temps de trouver des tas de choses. Ça s'est passé il y a près de deux heures.

— Comment sait-on qu'il s'agit d'un homme ?

— Le voisin l'a vu. Il a même parlé avec lui.

— Parfait.

— Pas tellement. Un peu intrigué par le bruit, à la longue, le voisin s'est déplacé jusqu'ici. Quand il est arrivé sur le palier, un homme refermait la porte, et il ne s'est donc pas aperçu de l'état dans lequel était l'appartement. Voilà ce qu'il dit dans sa déposition :

« *Le type m'a dit qu'il était de la police, que ses collègues arrivaient, que ma voisine avait été assassinée ce matin. Ça, je le savais déjà. Je ne me suis pas méfié. On a parlé encore une minute, à propos des visites de Mme Verdi à Saint-Pierre la nuit, et il est parti. Il est peut-être grand, ou peut-être non, démodé en tout cas, et pas jeune. Il porte des lunettes. En fait, je n'ai pas fait attention. Pour moi, tous les flics se ressemblent. Je peux vous dire pourtant qu'il est gaucher. Quand on s'est serré la main, il m'a tendu la main gauche. On ne sait pas comment s'y prendre, quand on serre la main d'un gaucher.*

Question : Est-ce qu'il tenait quelque chose dans l'autre main ?

Réponse : Non. Il l'avait dans sa poche.

Question : Portait-il des gants ?

Réponse : Non. Il était mains nues.

Question : C'est tout ce que vous vous rappelez de lui ?

Réponse : Oui, monsieur. »

Ruggieri replia la déposition.

— Alors vous voyez, Valence, des témoins comme ça, ils peuvent aller se faire foutre. Mais qu'est-ce que les gens ont dans les yeux, bon sang ?

143

— Ce n'est déjà pas si mal. Le type devait chercher un papier, pas un objet.

— Pourquoi ça ?

— Regardez la fouille, Ruggieri : le lit soulevé, les livres ouverts, les encadrements décollés... Qu'est-ce qu'on peut y trouver d'autre qu'une feuille de papier ?

— Une fleur séchée, proposa Ruggieri en bâillant.

— Les empreintes ?

— Pour le moment, rien. On commence. Le type a pu mettre des gants pour fouiller. Il ne faut pas trop se fier à la description du voisin : l'âge, rien n'est plus simple à simuler. À bien y réfléchir, il n'est même pas certain qu'il s'agisse d'un homme. En fait, autant dire qu'on ne sait rien. À votre avis, faut-il assimiler ce visiteur au meurtrier ?

— C'est improbable. Si le meurtrier avait eu connaissance d'une preuve à détruire, il l'aurait fait avant le meurtre, ce qui est facile puisque Maria n'est pas chez elle de la journée. C'est plutôt quelqu'un qui a été pris de court par le meurtre, surpris par le meurtre, et qui redoutait la perquisition.

— Évidemment, c'est possible. On va tout passer au crible ici. Rien ne dit que le visiteur ait eu le temps de trouver ce qu'il était venu chercher. Les pas du voisin descendant l'escalier ont dû l'interrompre. Si Maria avait voulu cacher quelque chose, où croyez-vous qu'elle l'aurait mis ?

De la fenêtre, Richard Valence observait Tibère, en bas. Toujours assis sur la voiture, il regardait avec attention les passants en ayant l'air de jouer à quelque chose. Vu de loin, c'était un jeu qui avait l'air de concerner les jambes des femmes.

— Je ne sais pas, Ruggieri, dit Valence. Je vais demander ça à quelqu'un qui la connaît bien. Tenez-moi au courant.

— Qu'est-ce que tu regardais, Tibère ? lui demanda Valence.

— Les attaches des chevilles chez les femmes qui passaient.

— Ça t'intéresse ?

— Beaucoup.

— File-moi jusqu'à l'hôtel. Je vais te raconter ce qui se passe là-haut.

Valence déplaçait toujours son grand corps sans mouvements inutiles, Tibère avait compris ça. Et cette mécanique vigoureuse qui lui avait semblé au départ menaçante et hostile commençait à le séduire. Il faudrait qu'il soit d'autant plus sur ses gardes.

27

Quand Tibère rentra chez lui, Claude et Néron avaient déjà dîné, bien qu'il ne fût que sept heures. Il y avait de la musique, et Néron dansait doucement avec de grands gestes exagérés, en exécutant des cercles dans la pièce autour de Claude qui essayait d'écrire.

— Tu travailles ? lui demanda Tibère.

— Je conçois le livret d'un opéra lyrique sur mesure pour Néron, qui a décidé de devenir un prince des ballerines.

— Ça l'a pris quand ?

— Avant le dîner. Ça lui a donné faim.

— Quelle est l'histoire de l'opéra ? demanda Tibère.

— Je crois qu'elle te plaira, dit Néron, arrêtant un mouvement languissant. C'est la mutation d'un esprit simple et apathique, amoureux d'une étoile, en un crapaud homosexuel.

— Si vous êtes contents tous les deux... dit Tibère.

— Contents, pas tellement, dit Néron. Occupés, simplement. Tu disparais sans explication, et la Bibliothèque a été fermée toute la journée en mémoire de Sainte-Conscience-Égorgée-des-Archives. Alors, qu'est-ce qu'on peut faire d'autre que de danser ?

— En effet, dit Tibère.

— Tu t'es rendu utile aujourd'hui ? demanda Claude.

— Je n'ai pas lâché Richard Valence.

— Ce n'est pas propre, chantonna Néron.

— Valence continue de guetter Laura, je le sais, dit Tibère. Je crois qu'il va essayer de lui coller aussi sur le dos le meurtre de Sainte-Conscience. Mais tant que je reste à côté de lui, je lui fais perdre du temps, je lui enfume l'esprit.

— On dit ça, dit Néron. Alors que tout ça n'est que prétexte à te vautrer dans le lac clair de son regard bleu, dont les abîmes pailletés ensorcellent ton âme délicate.

— Néron, tu me fais chier. Ils disent maintenant, continua Tibère, que les deux crimes pourraient se rapporter effectivement au Michel-Ange. Pourtant, je suis certain qu'ils se trompent. Voler des archives est une chose, assassiner deux personnes en est une autre. Ce sont deux métiers tout à fait différents, vous ne trouvez pas ?

— Je ne sais pas, dit Claude.

— Il n'est pas qualifié pour répondre, dit Néron. L'empereur Claude s'est fait liquider piteusement.

— Je vais vous décrire un personnage et vous me direz ce qu'il vous évoque, reprit Tibère. C'est un homme qui s'est introduit cet après-midi chez Sainte-Conscience-Assassinée pour y récupérer quelque chose. Voici la description du voisin, telle que me l'a répétée Richard Valence.

— Arrête de tournoyer, Néron, dit Claude. Écoute Tibère.

Tibère essaya de restituer avec précision ce que lui avait rapporté Valence du visiteur à lunettes.

— Et tu veux que cette description, qui n'en est même pas une, nous évoque quelque chose ? dit Claude. Ça pourrait être des milliers de gens.

— Est-ce que ça pourrait être une femme ? demanda Tibère.

— Ça pourrait être n'importe quoi de n'importe quel sexe. Des lunettes, un vieux costume, qu'est-ce que tu veux qu'on fasse de ça ?

Néron se massait les bras avec une espèce d'huile puante.

— Néron ! appela Tibère. Tu ne peux rien dire ?

— Trop facile, murmura Néron avec dédain. Une devi-nette d'écolier. Il n'y a même pas de plaisir. Et là où il n'y a pas de plaisir…

— Tu penses à quelque chose ? demanda Claude.

— Claude, tu sais très bien que je ne pense jamais, dit Néron. Combien de fois faudra-t-il que je te le répète ? C'est vulgaire. Je vois, c'est tout.

— Alors tu vois quelque chose ?

Néron soupira et versa un filet d'huile sur son ventre, qu'il étala sans énergie.

— Je vois, dit-il, que je suis moi-même gaucher, sinistre disposition, et que j'utilise malgré tout ma main droite pour saluer. Être gaucher n'équivaut pas à être amputé de la main droite. Les gauchers saluent tous de la main droite. Ça assouplit les rapports sociaux. Tu es bien en train de fumer de la main gauche. On en déduit donc deux évidences : que l'inspecteur Ruggieri est un crétin, la preuve en est qu'il essaie de penser, et que ton visiteur est un droitier qui n'a pas voulu se servir de sa main droite. C'est donc qu'il avait une raison impérieuse d'immobiliser cette main droite. Comme le néfaste indi-vidu cherchait à dissimuler son identité, il est facile de conclure que cette main droite l'aurait trahi d'une façon ou d'une autre. Le reste va de soi. C'est d'une navrante simplicité.

— Tu veux dire qu'il avait une marque révélatrice à la main ? dit Claude. Une blessure par exemple ?

— Claude, mon chéri, tu me fais honte. Cette veillée mortuaire t'a fatigué. Est-ce qu'une blessure peut être une marque révélatrice ? En aucun cas. Si tu croises tout à l'heure un type auquel il manque deux doigts, tu n'en sauras pas pour autant qui il est. Tu diras peut-être : « Tiens, ce type travaille dans une fabrique de saucisses, il a passé ses doigts dans la machine, c'est très triste. » Ou bien, si tu as vraiment un coup dans l'aile, tu diras : « Tiens, ce type s'est fait manger deux doigts. » Et tu n'iras pas plus loin. Et tu ne pourras pas en déduire l'identité du type. Et si ce type a une main jaune avec des carrés bleus, ce sera pareil.

— Vrai, dit Tibère. Et quelle sorte d'identité peut-on porter sur la main droite?

— Il n'y a pas mille solutions, Tibère. Et dans le cas qui t'occupe, il n'y en a qu'une seule. C'est même pour ça que je l'ai trouvée, puisque je ne pense pas. Si tu me mets de l'huile dans le dos, je vous raconte cet événement mineur qui a eu lieu tout à l'heure chez Sainte-Conscience-Dévastée.

— Qu'est-ce que c'est que cette huile dégueulasse?

— Quelque chose que je viens d'inventer, ne t'occupe pas. Étale. Notre ami l'évêque Lorenzo entretient un commerce scabreux avec Sainte-Conscience-de-la-Victoire-des-Appétits-du-Corps. En apprenant les circonstances de sa mort brutale, il se rappelle avec grand embarras les billets licencieux dont il se plaisait à l'entourer. Légitimement alarmé, Lorenzo chéri file chez elle avant que la police ne fasse main basse sur ces vétilles qui pourraient bien lui coûter sa nomination de cardinal. Il enfile un vieux costume civil qu'il conserve de son jeune temps, d'où l'aspect démodé noté à juste titre par le voisin débonnaire, il chausse les lunettes qu'il ne porte que pour déchiffrer de temps à autre les Saintes Écritures illisibles, et il brise les scellés en priant le Ciel de lui venir en aide. Il se trouve que ces derniers temps, le Ciel est d'humeur un peu rechigneuse, ce qui n'est pas de chance, et Lorenzo est interrompu par l'arrivée du voisin stupide et loyal. Il se débarrasse en deux mots du citoyen, mais celui-ci lui tend la main pour le saluer. Vous savez tous les deux comme moi que Lorenzo n'arrive plus à retirer l'améthyste qu'il porte à son annulaire droit. Avec le temps, l'anneau sacré s'est incrusté dans son doigt, et c'est bien pour cela que je n'ai jamais pu l'essayer. S'il tend sa main baguée, il est aussi certain de se faire identifier comme évêque que si sa crosse dépassait de sa poche. Le temps d'hésiter devant cette situation imprévue, et il tend la main gauche. Et il s'en va, sans qu'on sache ou non s'il a pu récupérer son bien. Mais il y a une chose de certaine, c'est qu'on va bien s'amuser si la police met la main dessus.

— Magnifique, murmura Tibère, simplement magnifique.

Il abandonna Néron avec son huile et réfléchit debout quelques minutes.

— Les relations de monseigneur et de Sainte-Conscience, tu les supposes seulement ?

— C'est la seule partie que j'invente. Je jurerais du reste.

— Tu es génial, Drusus Nero, dit Tibère en attrapant sa veste. À plus tard mes amis.

— Il est reparti ? Comme ça ? dit Claude.

— Il a été prendre un bain dans le lac, si tu veux mon avis, dit Néron. Ça peut durer. Il n'y a plus qu'à poursuivre ce ballet du crapaud apathique.

28

En arrivant à l'hôtel de Valence, Tibère tentait encore de nettoyer ses mains de la graisse indélébile et franchement puante qu'avait concoctée Néron. Découragé, il roula son mouchoir en boule dans sa poche et frappa à la porte de la chambre. Tibère dérangea Valence qui était allongé sur son lit, sans dormir et visiblement sans penser. Il était en costume et pieds nus, et Tibère trouva le contraste intéressant, pour l'avoir souvent exploré sur lui-même.

— Est-ce que tu as l'intention de venir t'installer sur le tapis pour me surveiller pendant que je me repose ? demanda Valence en se levant.

— Néron vient d'être lumineux à propos de Sainte-Victoire-des-Appétits-du-Corps. Je vous raconte ça et je m'en vais.

Valence retourna s'étendre sur le lit et écouta le récit de Tibère, mains sous la nuque.

— Claude trouve ce raisonnement ridicule, et moi je trouve ça formidable, dit Tibère pour conclure.

— C'est vrai que c'est bien pensé.

— Néron ne pense pas.

— Mais je ne vois pas l'évêque prendre le risque d'écrire des billets de ce genre. Il y a autre chose. Pour le moment, je n'ai pas d'idée.

— Depuis ce matin, vous n'avez plus aucune idée. À moi, cela me convient, mais vous, cela ne vous inquiète pas ?

Valence fit une grimace.

— Je ne sais pas, Tibère.

— Quand vous regardez le plafond de cette chambre, qu'est-ce que vous y voyez ?

— L'intérieur de ma tête.

— C'est comment ?

— Opaque. Ruggieri m'a appelé tout à heure. Ils ont trouvé des empreintes toutes récentes de doigts, masculins, chez Sainte-Conscience. On ne sait pas à qui elles appartiennent, mais elles ont sûrement été laissées par le visiteur. À part ça, il n'a encore rien découvert de spécial en fouillant l'appartement, à part quelques confessions pudiques où il ne se passe rien de grave. Est-ce qu'on parle de l'idée de votre ami Néron à Ruggieri ? Avec les empreintes, ce serait facile de vérifier s'il a raison.

— On n'en parle pas. Monseigneur a peut-être des motifs impérieux qu'il serait embarrassant de livrer aux flics sans savoir de quoi il retourne.

— Alors on attend. J'irai voir l'évêque demain. Toi, tu ne bouges surtout pas.

— Où en êtes-vous pour Laura ?

— Il me suffirait d'une impulsion pour la balancer.

— Économisez-vous, monsieur Valence.

Valence lui fit un signe des paupières et Tibère claqua la porte.

29

Huit jours exactement s'étaient écoulés depuis sa première visite matinale au Vatican. Valence monta le grand escalier de pierre qui lui était devenu familier et trouva la porte du bureau de Vitelli entrouverte. Dès le seuil, Valence remarqua que l'évêque était préoccupé. Il n'y avait aucun livre sur sa table, il ne travaillait pas.

— Dépêchez-vous, dit Vitelli avec lassitude. Dites-moi pourquoi vous êtes encore venu et laissez-moi seul ensuite.

Valence l'observait. Le visage de l'évêque était pris dans une réflexion exigeante qui cherchait à repousser toute sollicitation extérieure. Il avait une peine visible à parler. Valence avait déjà éprouvé ce genre d'abîme et il en était chaque fois resté un peu abruti. En ce moment, Lorenzo Vitelli était un peu abruti.

— Ruggieri a dû vous rapporter l'effraction constatée hier chez Maria Verdi. Il a dû vous décrire le visiteur.

— Oui.

— Qu'est-ce que Maria Verdi aurait pu avoir à cacher ?

Vitelli leva les bras et les laissa retomber sur son bureau.

— Les femmes... dit-il seulement.

Valence laissa passer quelques secondes.

— Néron pense que c'est vous qui êtes allé fouiller chez Maria Verdi.

— Les péroraisons de Néron vous intéressent à présent ?

— Parfois.

— Pourquoi moi ?

— L'anneau à la main droite qui vous a contraint à tendre la main gauche.

— Le motif de ma visite ?

— On peut tout supposer.

— Ne vous mettez pas dans l'embarras, je vois très bien le genre de choses que peut supposer Néron. Que pense Ruggieri de cette reconstitution singulière ?

— Ruggieri n'est pas encore au courant. Mais en revanche, il est en possession des empreintes laissées par le visiteur.

— Je vois la situation, dit lentement l'évêque.

Il se leva, passa les mains sous la ceinture de son habit et marcha dans la pièce.

— J'ai beaucoup de difficultés, dit-il, à trouver un remplaçant fiable pour Maria Verdi. On a dû provisoirement fermer la Bibliothèque et les lecteurs vont s'impatienter. Je me demande si le scripteur Prizzi ferait vraiment l'affaire...

Maintenant, il regardait les jardins du Vatican par la fenêtre, en tournant le dos à Valence.

— Ou alors le scripteur Fontanelli ? Je ne sais pas, j'hésite.

— Monseigneur, est-ce vous qui êtes allé chez Maria Verdi ?

— Bien sûr, c'est moi.

— Qu'est-ce que vous y cherchiez de si important ?

— Des choses qui m'intéressaient.

— À titre personnel ?

L'évêque ne répondit pas.

— Monseigneur, je vous rappelle que Ruggieri a les empreintes. Je n'ai qu'à lui suggérer le nom qui lui manque. Il serait sans doute moins respectueux avec vous que je ne le suis.

— Je ne vous trouve pas très respectueux.

— Étaient-ce des choses qui vous concernent à titre privé ?

Le silence du grand cabinet commençait à éreinter la

patience de Valence. Surtout la qualité opiniâtre de ce silence.

— Vous pouvez vous en aller, dit Vitelli calmement, parce que je ne vous répondrai jamais.

— J'appelle Ruggieri.

— Si vous voulez.

Valence se leva et décrocha l'appareil.

— Mais à lui non plus, continua Vitelli, je ne répondrai jamais, même sous arrestation.

Valence hésita et regarda la silhouette sombre de l'évêque qui lui tournait le dos, tendue, déterminée. Il repoussa le téléphone et sortit.

— Comment savais-tu que j'étais au Vatican ce matin? demanda-t-il à Tibère qui lui emboîtait le pas. Je t'avais demandé de ne pas bouger.

— Qu'est-ce que dit Lorenzo?

— C'est lui. Mais il ne dira jamais pourquoi. Par où vas-tu?

— C'est vous qui allez chez Ruggieri. Ruggieri travaille même le dimanche. Il vous attend. Le garçon d'hôtel m'a confié le message.

— Jusqu'ici, tu n'as fait que me suivre. Tiens-t'en là, Tibère. Ne t'amuse pas à essayer de me précéder.

— Ça ne m'amuse pas.

Tibère rit.

— Le danger se serre autour de nous, c'est splendide, dit-il. Alors, vous vous apprêtez à trahir notre ami Lorenzo? Oui ou non?

— Puisque tu es si fort, cherche tout seul la réponse. Pense à ça en m'attendant.

Valence s'assit en face de Ruggieri, qui roulait un papier entre ses doigts.

— Vous ne pouvez pas vous passer de votre escorte, monsieur Valence? Même le dimanche? demanda Ruggieri sans lever la tête.

— De qui parle-t-on?

— Du jeune cinglé qui vous tient le bras et par qui vous vous laissez faire.

loony

— Ah… Tibère.

— Oui, Tibère. Exactement, Tibère…

— Il s'est mis dans la tête de me suivre, qu'est-ce que vous voulez que j'y fasse ? Même si je voulais m'en débarrasser, je ne le pourrais pas. Je ne peux tout de même pas l'attacher à un arbre.

— Et vous, monsieur Richard Valence, vous vous laissez suivre par le premier venu en lui racontant toute votre existence ?

— Tibère n'est pas n'importe qui.

— Précisément, siffla Ruggieri qui s'était levé. Tibère est celui qui a découvert le cadavre d'Henri Valhubert – faut-il vous le rappeler ? –, Tibère est le soldat de Laura Valhubert et, jusqu'à nouvel ordre, Tibère est sous surveillance et j'en ai par-dessus le dos que ce type vous arrache toutes les informations qu'on s'épuise ici à obtenir !

— Est-ce que vous me prenez pour un enfant, Ruggieri ?

— Ne me regardez pas ainsi, monsieur Valence ! Je ne peux plus tolérer vos manières de despote ! Avez-vous découvert quoi que ce soit depuis les événements d'hier ?

— Justement, oui.

Ruggieri se rassit et prit une cigarette.

— De quoi s'agit-il ?

— J'ai oublié.

— Vous cherchez l'affrontement, vous allez sans doute l'avoir. Moi aussi j'ai du neuf, et qui, je le crains, ne va pas vous faire plaisir. Accompagnez-moi, on descend au labo.

Valence le suivit à travers les couloirs sans dire un mot. Ruggieri dérangea un type qui travaillait au microscope.

— Sors-moi les pièces de ce matin, Mario. Affaire Verdi.

Mario alla chercher des pinces et déposa une enveloppe sur une table en verre.

— Là-dedans, monsieur Valence, dit Ruggieri en croisant les bras, il y a onze papiers très intéressants qu'on a trouvés ce matin chez Maria Verdi, en procédant à une nouvelle fouille. Roulés dans une tuyauterie hors d'usage de la salle de bains. Regardez ça. *piping*

Ruggieri passa des gants et disposa sur la table les onze billets. C'était écrit sur n'importe quel papier, ça dépendait des fois.

— *Maria T F 4 mardi*, lut Ruggieri à voix haute, *Maria T P 2 vendredi, Maria T F 5 vendredi, Maria T F 4 lundi, Maria T C 3 lundi, Maria T C 1 mardi, Maria T F 5 jeudi*, etc. Regardez vous-même, Valence.

Valence n'essayait même pas de comprendre. Car il était clair que Ruggieri détenait déjà la solution de ces messages et qu'il piétinait de joie devant son embarras.

— J'écoute votre traduction, dit Valence sans faire l'effort de se rapprocher de la table.

— *Table-fenêtre n° 4 mardi, Table-porte n° 2 vendredi, Table-fenêtre n° 5 vendredi, Table-fenêtre n° 4 lundi, Table-couloir n° 3 lundi, Table-couloir n° 1 mardi...*

— Ça va, coupa Valence, j'ai compris. Comment avez-vous déduit ça ?

— Le scripteur Prizzi m'a aidé. Côté fenêtre, côté couloir, côté porte, c'est comme ça qu'ils distinguent les différentes tables de lecture dans la salle de consultation des archives de la Vaticane. Le scripteur pense qu'un des lecteurs faisait passer ces messages à Maria pour convenir de l'emplacement du prochain dépôt.

— Maria était donc partie prenante dans ces vols ?

— C'est clair, non ? Il est donc à présent certain qu'elle a été éliminée par son complice, et que le meurtrier avait d'abord tué Henri Valhubert dont l'intervention sur Michel-Ange était très inquiétante. Maria Verdi a probablement pris peur après ce meurtre et a pu demander à se retirer du jeu, ou même vouloir tout avouer.

— Et pourquoi aurait-elle gardé ces billets ?

— Dans l'attente d'un éventuel chantage, je suppose.

— Ridicule. Ces billets l'auraient accusée autant elle-même que son complice. Son prénom est indiqué délibérément à chaque fois, ce qui est sage de la part de leur auteur. Je ne vois pour l'instant qu'un seul motif qui puisse pousser quelqu'un à conserver des pièces aussi compromettantes. Il n'y a que l'amour pour vous faire garder un morceau de ficelle sous prétexte qu'il aura traîné dans la poche de l'autre. Maria Verdi pouvait aimer celui ou celle – je penche pour celui – qui écrivait ces billets, et n'avoir pas pu se résoudre à jeter ses «écrits». J'imagine d'ailleurs que c'est le même motif qui l'a entraînée dans un tel trafic. Cela pourrait aider à trouver l'identité de l'homme.

— Inutile, dit Ruggieri en souriant.

Valence pensa à l'évêque, qu'il avait laissé si résolu dans son bureau. Néron n'avait pas dû être le seul à bien raisonner.

— L'homme est trouvé, monsieur Valence. Son écriture a été identifiée sans le moindre doute. Il y a un registre à la Bibliothèque où les lecteurs inscrivent eux-mêmes les références des ouvrages qu'ils consultent.

— Les lecteurs? Vous pensiez à un lecteur?

— J'ai même été droit à l'écriture que je cherchais. Celle d'un homme dont la curiosité insistante commençait à m'alarmer singulièrement.

Valence s'immobilisa. Quelque chose arrivait qu'il n'avait pas prévu, et Ruggieri, en face de lui, avait l'expression jubilatoire de celui qui consomme par avance une malsaine victoire.

— Je vous accorde un privilège, dit Ruggieri toujours souriant. Vous pouvez aller dire vous-même à votre escorte que je l'attends à mon bureau. Voici son mandat d'arrêt.

Valence souhaita soudain n'avoir jamais été envoyé spécial et n'avoir de comptes à rendre à personne pour pouvoir tailler en pièces la figure narquoise et repue de Ruggieri. Il sortit sans dire un mot.

Tibère était adossé à un camion gris, au soleil, à quelques mètres du bureau de police. Il avait l'air endormi dans une réflexion paisible, les lèvres entrouvertes. Valence s'approcha avec effort. Il s'arrêta à quelques mètres de lui.

— Salut, jeune empereur, dit-il.

Tibère leva les yeux. Valence lui parut étrange, le visage grave, vaincu peut-être. Valence avait quelque chose à lui dire.

— Sainte-Conscience avait conservé tous tes messages, Tibère. Table-fenêtre n° 4 mardi, Table-porte n° 2 vendredi, Table-fenêtre n° 5 vendredi, Table-fenêtre n° 4 lundi, et ainsi de suite. Tu l'as bousillée pour rien. Va retrouver Ruggieri, il t'attend, c'est fini.

Tibère ne bougea pas, il n'essaya même pas un geste de fuite, il était seulement ému. Il regarda ses pieds pendant un bon moment.

— J'ai envie de faire quelque chose de très solennel, murmura-t-il, mais je ne suis pas sûr que ce soit de bon goût.

— Ça ne coûte rien d'essayer.

— Va-nu-pieds je débute, va-nu-pieds je termine, dit-il en retirant ses chaussures. Je me présente pieds nus devant mes souverains juges, et monseigneur dirait sûrement que c'est très biblique. Il y a des moments dans l'existence, monsieur Valence, où il est absolument nécessaire d'être très biblique. Je suis certain que ce genre de vulgarité biblique va exaspérer Ruggieri.

— Ça ne fait pas de doute.

— Dans ce cas, c'est parfait. J'y vais pieds nus. Et si je peux vous donner un conseil avant de vous quitter, c'est de prendre soin de vos yeux. Ils sont magnifiques quand vous mettez quelque chose dedans.

Valence ne parvenait pas à dire quelque chose. Il se retourna pour suivre Tibère du regard et le voir traverser pieds nus le carrefour. À la porte des bureaux, Tibère lui sourit.

— Richard Valence, cria-t-il, celui qui va mourir te salue !

Pour la troisième fois en une semaine, ce qui faisait trop, Valence se sentit flancher. Le flic de garde le regardait.

— Vous n'allez pas laisser traîner les chaussures de votre ami sur le trottoir, monsieur ?

— Si, dit-il.

En marchant, les muscles raidis, Valence repensait encore à la détermination de l'évêque, ce matin. Maintenant, il comprenait. Lorenzo Vitelli s'était arc-bouté devant l'évidence, il avait dressé ses forces entre Tibère et la justice. Ça n'avait servi à rien. Depuis combien de temps l'évêque avait-il compris que Tibère était l'auteur des vols ? Au moins depuis le matin où il était venu le trouver à son hôtel et où il avait refusé de le voir. Vitelli avait failli tout lui confier, et il s'était repris. Même alors, il aurait été impossible de sauver Tibère. Il avait volé et tué, et Valence, à la différence de l'évêque, ne croyait pas en une justice divine avec laquelle on pouvait parlementer sans intermédiaire. Il aurait donné Tibère à Ruggieri, et l'évêque l'avait compris. Maintenant bien sûr, les choses s'éclaircissaient. Henri Valhubert connaissait Tibère depuis qu'il était enfant. Peut-être Tibère, plus jeune, avait-il déjà volé chez lui, et sans doute cette affaire de Michel-Ange l'avait-elle tout de suite mis en alerte. Valhubert avait dû venir à Rome avec l'intention de l'alarmer pour qu'il cesse ces larcins. Il devait souhaiter régler cela confidentiellement et faire restituer par Tibère les autres manuscrits, pour éviter une arrestation. Au lieu de ça, il n'avait réussi qu'à l'affoler, parce que Valhubert était un homme qui n'avait jamais su s'y prendre, pas plus avec Tibère qu'avec son propre fils. En le tuant, Tibère s'était en même temps soulagé de bien d'autres choses. Est-ce qu'Henri Valhubert n'était pas avant tout le mari de Laura ? Est-ce que ça ne suffisait pas pour le haïr ? Le mobile du moment, la crainte d'une

160

dénonciation, avait drainé en même temps toutes ces rancœurs qui l'avaient conduit au meurtre. Il faudrait jouer sur toutes ces passions le jour du procès. Tibère n'avait pas prévu que la mort de Valhubert mettrait Laura et Gabriella à découvert, et ce trafic de marchandises en plus. Brusquement, sa propre faute risquait de se tourner contre Laura. Attentif, inquiet, il s'était donc évertué à prouver l'innocence de Laura sans pour autant se compromettre. En même temps, il suivait ainsi les progrès de l'enquête au jour le jour et pouvait adapter son comportement en connaissance de cause. Il y avait très bien réussi, car personne ne l'avait soupçonné, excepté Ruggieri, il fallait bien l'admettre. Et tout d'un coup, Maria Verdi avait lâché pied. Le meurtre d'Henri Valhubert devait la hanter, et même Saint-Pierre, la nuit, n'en voulait pas. Elle devenait dangereuse et Tibère avait dû la supprimer avant qu'elle ne parle. C'était risqué, car du même coup, l'enquête revenait sur Michel-Ange, mais il n'avait pas eu le choix. Pourtant, il n'avait pas dû être très inquiet. Laura n'était plus soupçonnée, et lui-même ne risquait rien. Il semblait peu probable qu'on puisse dépister le criminel parmi les centaines d'habitués de la Vaticane. Seulement, comme Maria était amoureuse, elle n'arrivait pas à détruire ce prénom, *Maria*, écrit sur les billets de la main de Tibère. Elle n'y arrivait pas, c'est tout. Et à cause de cet amour-là, Tibère était tombé.

Valence soupira. Le jeune empereur… Qu'est-ce qu'ils allaient devenir à présent, les deux autres ?

Il était arrivé au Vatican. Il grimpa d'un pas fatigué jusqu'au cabinet de l'évêque, qui ne travaillait toujours pas

— Ce n'est plus la peine de s'arc-bouter, monseigneur, dit-il. Ils l'ont pris. Tibère est entre les mains de Ruggieri. Ils ont récupéré ce matin chez Maria Verdi ce que vous n'avez pas réussi à y trouver hier. Les billets étaient roulés dans un des tuyaux de la salle de bains.

Le visage de Vitelli s'altéra et Valence baissa les yeux.

— Qu'est-ce que vous espériez faire, monseigneur ? Plaider directement sa cause auprès de Dieu ? Depuis quand les évêques protègent-ils les assassins ?

Valence se sentait à bout de forces. Il fallait qu'il rentre. Édouard Valhubert serait soulagé, aucun scandale n'atteindrait sa famille.

— Depuis que les assassins ensorcellent des évêques, murmura Vitelli. Il avait les meilleures qualités du monde et il a tout flambé. J'espérais en sauver quelques morceaux, le reconstruire, enfin… je ne sais pas. Je ne pouvais pas, je ne pouvais pas le livrer à la police.

— Comment l'avez-vous dépisté ?

— Des inquiétudes depuis longtemps. Depuis que Ruggieri m'avait confié une partie de l'enquête, je surveillais la salle des archives. Je surveillais Maria Verdi aussi, qui en était la clef. J'essayais de la voir autrement qu'en meuble de la Bibliothèque, j'essayais de m'apercevoir qu'elle vivait, et j'y suis parvenu. Jeudi soir, je me suis décidé à fouiller son bureau. J'y ai trouvé deux billets de la main de Tibère, avec les messages que vous connaissez. J'ai convoqué Maria le lendemain à la première heure. Je crois bien l'avoir terrorisée, mais elle était si soulagée d'apprendre que je ne donnerais pas Tibère qu'elle était prête à m'obéir sur l'heure et à quitter plus tard la Vaticane, quand l'affaire serait tassée. J'ai détruit les deux messages que je possédais et elle m'a juré qu'elle détruirait les autres le soir même. Parce qu'il y en avait d'autres, que cette folle entassait dévotement chez elle au lieu de les faire disparaître. Elle est partie très bouleversée. Et cette nuit-là, Tibère l'a tuée. Et même après ce crime, même après l'horreur de ce spectacle, quelque chose m'empêchait de lâcher Tibère. J'ai joué le tout pour le tout et j'ai forcé hier la porte de Maria pour récupérer ces billets qui seuls pouvaient incriminer Tibère. Je n'étais pas certain que Maria les ait détruits dès son retour. Malheureusement, je n'ai pas eu le temps de les trouver. Je suppose que je suis passible de complicité. Dois-je vous suivre ?

— Ruggieri ne sait rien à votre sujet. Il ne trouvera jamais l'homme qui a brisé les scellés, et à présent, ça n'a plus d'importance pour lui, il abandonnera.

Vitelli soupira.

— Qu'est-ce qu'on peut dire d'autre? murmura-t-il.

— Il faut que je rentre, dit Valence. Je vais rentrer.

— Vous avez un endroit où rentrer?

— Je crois, oui, hésita Valence.

— Ah bon, dit Vitelli. Moi pas.

30

En fait, Valence ne rentra pas.

Il n'arrivait pas à prendre la décision de partir.

Depuis quatre jours, Tibère était en état d'arrestation, l'enquête était close, l'appareil judiciaire allait faire son travail, et il n'arrivait pas à rentrer. Tout le monde était sûrement rentré. Laura, que la police avait à présent dégagée de toute obligation de résidence à Rome, avait dû rentrer. Claude et Néron avaient dû rentrer dans le travail ou on ne sait quoi, et l'évêque avait dû rentrer en lui-même.

Et lui, Valence, il n'arrivait pas à rentrer. Il se levait tard, il marchait, pendant des heures, il mangeait, il se parlait de temps en temps, et il retournait s'allonger sans vraiment bien dormir. Le lendemain de l'arrestation de Tibère, il avait fait sa valise, avec soin, mais il avait tout redéfait petit à petit.

Depuis, il attendait de savoir pourquoi il ne rentrait pas. Il était poursuivi par l'image de Tibère égorgeant Sainte-Conscience par-derrière. Sanglant. Le véritable empereur Tibère n'aurait jamais égorgé de sa propre main, il faisait faire par d'autres. L'idée de revoir cet égorgeur ne le tentait pas. Il n'avait plus rien à faire avec lui et il n'y avait donc plus de raison d'y penser. Mais ça ne coûtait rien en revanche de passer voir Ruggieri pour avoir des nouvelles. Après tout, c'était normal.

Ensuite, il partirait.

31

— Vous êtes encore à Rome, monsieur Valence? dit Ruggieri en se levant pour lui serrer la main. Qu'est-ce qui vous retient ici?

— Des obligations, murmura Valence. Entre deux rendez-vous, je passais voir où en était le dossier.

Ruggieri ne paraissait pas se souvenir de leur dernier accrochage. On pouvait dire tout ce qu'on voulait de ce type, mais il n'était pas rancunier.

— Rien de secret, dit Ruggieri. En une année, Thibault Lescale – Tibère, si vous préférez – a fait sortir de la Bibliothèque vaticane onze dessins de la Renaissance, pas tous aussi voyants que le Michel-Ange. Ce Michel-Ange l'a perdu. Il en a vendu cinq, ce qui lui a permis de récolter de bonnes sommes qui sont déposées dans un coffre à Paris. Maria Verdi touchait sa part, la moitié, ce qui est très correct compte tenu que c'est Tibère qui prenait tous les risques, depuis le démarchage jusqu'à l'encaissement. Il a raconté toute cette histoire très volontiers. Il est incapable d'expliquer pourquoi il voulait tout cet argent, il rit, il dit qu'il aime ça, qu'il ne pouvait pas résister, que c'était si facile. Tout le monde lui faisait confiance à la Bibliothèque. Il avait fait souvent l'expérience de sortir avec un livre en disant qu'il le rapporterait le lendemain, et le scripteur Prizzi le laissait faire. Et il le rapportait le lendemain, bien sûr.

Ruggieri s'arrêta de parler et roula sa cravate autour de son index avec application. Valence eut l'impression que l'enquête n'allait pas si bien que ça.

— Je n'en peux plus de ce type, dit l'inspecteur.

Il chercha une cigarette avant de continuer.

— Quand Tibère s'est présenté ici, docile, souriant, un peu grave, il était pieds nus. Exprès. On lui a fourni de quoi se chausser, car il avait laissé ses affaires dans la rue, et elles avaient disparu. Vous rendez-vous compte à quel point il peut être déséquilibré ? Et depuis, ça fait quatre jours et demi, il refuse de mettre des chaussures ou même des chaussettes, surtout pas des chaussettes ! Dès qu'on s'approche pour essayer, il hurle. Il dit que pour une fois qu'il a l'occasion d'être « biblique », il ne va pas rater ça, et que je n'ai qu'à chercher s'il existe un article de loi qui l'oblige à porter des chaussures. Sinon, que j'aille me faire foutre. Ce sont ses mots. Hier, il a été présenté au juge comme ça. Il reçoit tout le monde comme ça, avec l'air de se foutre de nous. C'est déprimant.

— Laissez tomber, ça n'empêchera pas l'accusation de suivre son cours.

— Si, justement, soupira Ruggieri.

Il se leva et fit le tour de la pièce les mains dans le dos.

— Tibère, articula-t-il, récuse les deux assassinats. Il nie. Il nie sereinement. Il veut bien reconnaître tout ce qu'on veut sur les vols, mais il nie les deux assassinats.

Ruggieri se rassit dans un mouvement las de défaite.

— Vous le croyez ? demanda Valence.

— Non. Nous savons bien qu'il les a tués. Tout se tient. Mais il faut le lui faire dire, on n'a pas de preuve. Et l'endurance morale de Tibère est spéciale, je ne sais pas par où le faire lâcher. Tout ce que je lui raconte glisse sur lui, et il me regarde... il me regarde comme s'il me prenait pour un incapable.

— C'est fâcheux, dit Valence.

— Allez le voir, monsieur Valence, dit Ruggieri brusquement. Vous avez de l'ascendant sur lui, calmez-le, faites-le parler.

Valence resta silencieux. Il n'avait pas prévu ça en venant ici. Ou peut-être que si. Et puisque ce n'était pas lui qui prenait la décision, il ne voyait pas pourquoi refuser.

— Indiquez-moi le chemin, dit Valence.

Quand ils atteignirent les cellules de détention provisoire, Valence demanda à Ruggieri de le laisser seul. Le garde ouvrit la porte et la verrouilla aussitôt derrière lui. Tibère regardait faire sans rien dire. Valence s'assit en face de lui et chercha une cigarette.

— Vous n'êtes pas parti ? demanda Tibère. Qu'est-ce que vous attendez à Rome ?

— Je ne sais pas.

— Quand je vous ai quitté, vous ne saviez déjà plus. Ça ne va pas mieux depuis ?

— Est-ce qu'on est là pour parler de moi ?

— Pourquoi pas ? Moi, je n'ai rien à raconter. Je suis là, je suis assis sur ma couchette, je mange, je dors, je pisse, je me lave les pieds, ça ne va pas nous mener très loin. Tandis qu'à vous, il doit arriver des tas de choses dans les rues.

— Il paraît que tu nies les deux meurtres.

— Oui, je nie les deux meurtres. Je sais, ça n'arrange pas les affaires de Ruggieri et ça retarde l'instruction. Regardez mes pieds, vous ne trouvez pas qu'ils s'améliorent, qu'ils deviennent picturaux, les quatrièmes doigts surtout ? Et pourtant, d'habitude, les quatrièmes doigts, c'est toute une histoire pour qu'ils soient réussis.

— Pourquoi est-ce que tu nies les deux meurtres ?

— Ça ne vous intéresse pas de parler de mes pieds ?

— Ça m'intéresse moins.

— Vous avez tort. Je nie les deux meurtres, monsieur Valence, parce que je ne les ai pas commis. Imaginez-vous que le soir de la fête sur la place Farnèse, au moment précis où je m'apprêtais bien entendu à liquider Henri qui ne m'avait rien fait, j'ai brusquement pensé à autre chose, vous dire quoi je n'en sais rien, et le temps que je me reprenne, quelqu'un d'autre avait fait plus vite que moi et lui avait réglé son compte. Avouez que c'est bête. Ça m'apprendra à avoir toujours la tête ailleurs. Et attendez, vous allez voir que l'expérience ne profite pas, parce que l'autre soir, pour Sainte-Conscience-des-Archives-Sacrées, même chose. Je l'attendais, bien concentré, serrant mon grand couteau à égorger les Sainte-Conscience, quand soudain, un moment de distraction, et quelqu'un me passe devant et la saigne à ma place. J'étais furieux, vous imaginez. Mais comme je ne veux pas me vanter de ce que je n'ai pas fait, je suis bien obligé d'admettre avec honte que je n'ai pas été foutu capable de tuer Henri et Sainte-Conscience. C'est d'autant plus bête que comme je n'avais aucune raison de les tuer, ça aurait fait des meurtres magnifiques, juste comme ça, pour voir. Il n'y a que moi pour rater des occasions pareilles.

— Tu n'avais aucune raison de les tuer ?

— Mais non, bon Dieu ! J'ai beau chercher, je ne vois pas. Je n'avais pas vu Henri de la journée, et même s'il avait voulu s'occuper du Michel-Ange, ce qu'il n'a pas fait, il ne m'aurait jamais soupçonné. Quand nous avons discuté ensemble de ces vols le soir de la fête, il était très loin d'imaginer que je les avais commis moi-même. Henri n'était pas un aigle, en matière d'intuition. Quant à Sainte-Conscience, elle n'était pas en rébellion contre moi, et elle ne m'a jamais soupçonné d'avoir tué Henri. D'ailleurs, on avait convenu que notre trafic s'arrêterait sitôt que l'un ou l'autre en aurait assez. Et avec l'arrivée d'Henri, on avait décidé de se tenir tranquilles pour un bon moment, peut-être même d'arrêter notre combine définitivement, à présent qu'elle risquait de s'éventer. Vous voyez, les mobiles dans tout ça, il faudrait aller les chercher dans les nappes englouties de mon cerveau, et je vous avoue, monsieur Valence, que je n'en ai pas le courage.

— Tibère, je t'en supplie, explique-toi sérieusement.

Tibère leva la tête.

— C'est vous qui avez l'air sérieux, Valence. Sérieux et même un peu tourmenté.

— Tibère, bon sang ! Tu ne te rends pas compte que tout ça est capital ? Est-ce que tu peux me jurer que tu ne les as pas tués ? Est-ce que tu peux me le prouver ?

Tibère se leva et s'adossa au mur de sa cellule.

— Parce qu'il faut que je vous le prouve ? Vous n'êtes pas capable de me croire comme ça ? Vous n'êtes pas sûr, vous hésitez… Entre la conviction de Ruggieri et la mienne, vous hésitez, vous voudriez des faits. Bien sûr, des faits… c'est tellement plus simple. Eh bien non seulement je n'ai pas les moyens de vous le prouver, mais de toute façon je n'essaierai même pas. Débrouillez-vous avec votre conscience, votre intuition et votre sentiment, je ne vous aiderai pas. Et je ne veux plus en parler. Je vous avais prévenu que j'allais devenir très biblique.

— Bon, dit Valence en se levant aussi.

— Qu'est-ce que vous allez faire ?

— Je vais rentrer. Je crois que maintenant, je vais réellement rentrer.

— Attendez.

— Quoi ?

— Il ne faut pas que tu rentres tout de suite. J'ai un truc à te demander.

— Un truc de quel genre ?

— Un truc d'un genre que tu ne vas pas apprécier mais que tu vas faire pour moi, Valence.

— Qu'est-ce que tu en sais ?

— Asseyez-vous par ici, Valence. Éloignez-vous du geôlier.

Tibère hésita avant de parler.

— Voilà, dit-il. C'est moi qui suis tourmenté à présent. Vous savez qu'avec cette affaire de vols, rien qu'avec les vols, je n'espère pas m'en sortir avec moins de six ans. Six ans, Valence, six ans dans le noir à faire des ronds dans un carré. Alors maintenant que je me suis enchaîné tout seul, vous allez faire quelque chose pour moi, puisque vous, vous êtes encore dehors. Laura est passée ici hier. Il se passe quelque chose de grave.

— Elle n'est pas rentrée à Paris ?

— Pas encore, hélas. Depuis qu'elle a été mêlée de trop près à une enquête de police, le Doryphore, et sa bande surtout, n'ont plus confiance en elle. Ils craignent qu'elle ne parle, ou qu'elle ne serve d'indicateur en échange de sa tranquillité. Dans ce milieu, on n'hésite pas à se débarrasser des comparses qui sont tombés entre les mains des flics. Vous savez comment ça marche. Hier matin, elle avait un message au Garibaldi, quelque chose comme « T'approche plus des flics ou on te crève ». Je ne garantis pas les mots exacts, mais le sens général y est. Mais Laura, elle, s'acharne à me croire innocent des meurtres et elle ne lâche pas Ruggieri. Elle le harcèle. Elle est trop près des flics, Valence. Je l'ai suppliée de laisser tomber, de repartir pour Paris, mais elle a cette idée dans la tête. En plus, elle dit qu'elle n'a rien à craindre du Doryphore, qu'il va se calmer, qu'elle ne me laissera pas tomber comme ça. Elle a des appuis politiques en France, elle pense qu'elle peut m'aider.

— Et que veux-tu que je fasse ? Que je l'enferme ?

— Tu n'y arriveras pas. Ce que je veux, c'est que tu la surveilles.

— Je ne veux pas la surveiller.

— Je t'en prie, tu vas la surveiller. Tu vas te coller à ses pas et la protéger. Tu vas le faire parce que je suis enfermé et que je ne peux pas le faire. Cette bande n'attaque que la nuit, mais quand ils se décident, ce sont des rapides. Il faut que tu fasses ça le temps que je parvienne à convaincre Laura de rentrer à Paris. Il me faut quelques jours sans doute. J'espère qu'elle sera partie dimanche.

— Je ne peux pas, Tibère. Je t'ai dit que j'allais rentrer maintenant.

— Je t'en prie, Valence, fais-le pour moi.

— Je ne fais rien pour les autres.

— Je ne te crois pas.

170

— Tu as tort.

— Alors fais-le pour toi.

— Non.

Le garde ouvrit la porte et fit un signe à Valence.

— Vous avez fini votre temps, dit-il. Vous reviendrez demain si vous voulez.

Valence le suivit. Du bout du couloir, il entendit Tibère qui criait.

— Valence, nom de Dieu, essaie d'être un peu biblique !

Valence ne repassa pas au bureau de Ruggieri, il ne s'en sentait pas capable. Il regrettait cette discussion avec Tibère, et il regrettait de l'avoir vu supplier. Si ça se trouvait, l'empereur Tibère devait chialer maintenant, c'était le genre de choses qui ne le gênait pas.

Il croisa Claude et Néron qui venaient sans doute aux nouvelles, et il ne réussit pas à les éviter. Aucun d'entre eux n'avait envie de parler.

— Vous en venez ? demanda Néron.

Valence hocha la tête. Pour la première fois, il voyait Néron le visage sévère, ce qui n'était guère rassurant.

— Vous le croyez ? demanda Claude.

— Oui, dit Valence sans réfléchir.

— Si on l'inculpe pour les deux meurtres, dit Néron d'une voix calme, Rome brûlera pour ma vengeance.

Valence ne sut pas quoi répondre. Il eut la certitude que Néron pensait ce qu'il disait.

Il retourna rapidement à son hôtel.

— Préparez ma note, dit-il en attrapant sa clef, je pars ce soir.

Valence faisait les cent pas dans la gare de Rome en attendant que se forme le train de vingt et une heures dix pour Milan. Il était arrivé avec presque deux heures d'avance, parce qu'il ne savait plus quoi faire à l'hôtel. Ça allait mieux dans la gare. Il voyait passer devant lui des centaines de gens qui n'avaient jamais rien su de l'affaire Valhubert, qui n'y avaient jamais pensé, et qui n'y penseraient jamais. Il entendait parler des tas de gens qui n'avaient jamais eu le corps tourmenté par l'affaire Valhubert, et qui s'en foutaient, et qui s'en foutraient toujours. Ça lui fit du bien. Il arrivait à penser à ce qu'il avait à faire à Milan. Il arriverait sûrement à s'intéresser demain aux dossiers qu'il avait laissés en plan, à son rapport sur les actions préventives de la municipalité contre le milieu. Il avait laissé des rendez-vous en suspens et il aurait une semaine chargée.

Quand le train quitta enfin le quai, il regarda s'en aller les toits de Rome, hérissés d'antennes, et il respira. Vraiment un foutoir, ces toits. Il s'assit et ferma les yeux sans avoir le temps de s'en rendre compte.

Il se réveilla en sueur. Il y avait des gens qui s'étaient installés à côté de lui pendant qu'il dormait, cinq personnes, qui ne savaient rien de l'affaire Valhubert et qui s'en foutaient. Cinq personnes sans intérêt qui n'étaient pas en train de penser à l'affaire Valhubert. Valence les détesta. Leur ignorance lui fit horreur. La femme d'en face, qui était assez belle, allait peut-être essayer de lui parler, alors qu'elle ne savait pas un mot de l'affaire Valhubert. Il se leva et recula dans le couloir. Il frissonnait, avec cette fenêtre qui envoyait trop d'air sur sa chemise trempée. Il fallait qu'il change de chemise, il fallait qu'il se calme.

Le train freina, on était en gare. C'était une gare sans importance. Le train repartit presque tout de suite, lentement, avec des chocs. Valence attrapa sa valise et sa veste. Il eut le temps de sauter sur le quai avant que le train n'ait pris de la vitesse.

— C'est interdit de faire ça, dit un employé en s'approchant.

— Français... dit Valence en matière d'excuse. À combien est-on de Rome ? Combien de kilomètres ?

— Quatre-vingts, quatre-vingt-cinq... Ça dépend d'où on calcule.

— À quelle heure le prochain train ?

— Pas avant une heure et demie.

Valence sortit en courant de la gare. Il trouva un taxi en remontant une grande rue au hasard.

Il se cala contre la banquette arrière et ferma les yeux. Sa chemise le glaçait. On sortait de la ville, on prenait l'autoroute. Rome, soixante-dix-sept kilomètres.

Il se fit déposer devant l'hôtel Garibaldi. La meilleure chose à faire était de prévenir Laura Valhubert qu'il se tenait à sa disposition au cas où sa bande de malfrats hausserait le ton. Maintenant qu'il était à nouveau à Rome, il était moins inquiet. On ne tue pas quelqu'un comme ça, sous prétexte qu'il s'approche un peu trop des flics. Encore que Laura pouvait balancer tout le réseau. Valence fit tout de même le tour de l'hôtel Garibaldi par les petites rues qui l'encadraient.

Les chambres qui donnaient sur l'arrière du bâtiment étaient presque toutes obscures. D'après l'escalier qu'elle avait pris l'autre fois, sa chambre devait donner sur l'arrière. Il essayait de se rappeler le numéro de sa clef, qu'il avait vue près de son verre. Il était sûr qu'il commençait par un 2, deuxième étage donc. Il passa sous les fenêtres, dont la plupart étaient restées ouvertes, à cause de la chaleur. En face du Garibaldi, il y avait un petit hôtel beaucoup plus modeste, et quelqu'un debout sur un des balcons. Un peu saisi par le silence de la rue, un peu tendu, Valence resta immobile à le regarder, à une distance d'une quinzaine de mètres. En réalité, la silhouette était peu visible, la chambre n'étant pas éclairée. On pouvait seulement deviner qu'il s'agissait d'un homme. Valence ne bougeait plus. Il n'aimait pas que cette silhouette ne fasse pas un mouvement, et il n'aimait pas que ce balcon soit au deuxième étage. C'était absurde de se méfier d'un homme solitaire qui prenait l'air sous prétexte qu'il logeait en face du Garibaldi, à la hauteur de la chambre de Laura. Il pouvait exister des centaines d'hommes en train de prendre l'air sur des balcons ce soir. Mais celui-ci ne remuait pas. Valence se déplaça sans bruit pour s'approcher, en longeant le mur pour ne pas risquer d'être dans le champ de vision de l'homme s'il se penchait. Qu'est-ce qui n'allait pas sur ce balcon ? Est-ce qu'on reste sur un balcon dans le noir pendant des minutes entières sans bouger d'un seul centimètre ? Oui, ça arrive. Ça peut arriver.

Valence respirait lentement. La nuit le transformait en un guetteur dangereux et il ne pouvait absolument plus partir. Guetter dans le silence était devenu son unique pensée. Il s'écoula ainsi trois quarts d'heure. Un vent d'orage se levait par à-coups. Le volet du balcon se replia et heurta la silhouette. Cela rendit un son sourd et Valence se crispa. Ce son ne lui plaisait pas. Si le volet avait cogné une arme, ça aurait fait exactement ce bruit. Le volet avait pu bien sûr cogner n'importe quoi d'autre de métallique. Mais il avait pu aussi cogner une arme. Valence ramassa doucement sa valise et recula sur le trottoir en longeant toujours le mur. Parvenu à l'angle de la rue, il courut et se fit ouvrir la porte du Garibaldi. Depuis une heure à présent, il y avait un homme posté dans la nuit, face au deuxième étage, et qui avait avec lui un machin métallique.

Il aborda assez brusquement le jeune homme qui veillait à la réception. Laura Valhubert n'était pas encore dans sa chambre, sa clef était au tableau, 208.

— Où donne cette chambre ? Sur l'arrière ?

— Oui, monsieur.

— À quel endroit exactement ?

— Est-ce que je dois vous le dire ?

— Mission spéciale, dit Valence en montrant sa carte.

— Elle donne sur le milieu de la rue, face au vieil hôtel Luigi.

— Servez-moi un whisky au bar, je vous prie. Dites à Mme Valhubert que je l'y attends et ne la laissez à aucun prix monter à sa chambre avant. D'ailleurs, donnez-moi sa clef, ce sera plus sûr.

Ses paroles allaient vite. Il n'avait pas peur. Il avait seulement conscience à présent qu'une silhouette meurtrière attendait Laura dans l'ombre de l'hôtel Luigi, et qu'il ne pouvait appeler personne à son aide. Prévenir les flics l'obligerait forcément à expliquer le trafic de Laura et du Doryphore et entraînerait son arrestation immédiate. Il fallait qu'il se débrouille seul avec cet assassin.

— Mme Valhubert est encore au bar, dit le jeune homme en lui tendant la clef.

Il y avait de la réprobation dans sa phrase.

Valence traversa l'hôtel silencieux jusqu'au bar. Laura y était seule, les coudes sur une table, le visage posé sur ses mains fermées. Elle retenait à peine une cigarette entre ses doigts. Il avait l'impression en s'approchant que s'il faisait du bruit, il allait déclencher la mort qui attendait dans la rue, et que Laura disparaîtrait avant qu'il n'ait eu le temps de la saisir. Comme on dit qu'un cri déclenche une avalanche. Parvenu derrière elle, il parla à voix presque inaudible.

— Suis-moi doucement, dit-il. Il faut que je t'emmène ailleurs.

Elle ne bougea pas. Elle était repliée et immobile. Il contourna sa chaise et la regarda.

— Il faut que tu me suives, Laura, répéta-t-il à voix basse.

Qu'est-ce qu'il pouvait bien faire ? Il était là, debout contre la table, avec cette femme magnifique et découragée qu'il fallait qu'il emmène ailleurs. Il choisit de mentir.

— Ne t'en fais plus pour Tibère, dit-il. Ils abandonnent l'inculpation d'assassinat. Le juge dit qu'il n'aura que deux ans. Viens sans faire aucun bruit, suis-moi.

Elle prit une bouffée sans lever la tête.

— Quelqu'un attend face à ta fenêtre pour te tirer dessus, continua Valence.

Laura se leva lentement et la cendre de sa cigarette tomba sur la table. Elle se tint debout devant Valence, sans le regarder, la tête baissée.

— Tout m'emmerde, dit-elle. Tu ne peux pas comprendre ça, comme tout m'emmerde.

Valence hésita. Il resta quelques secondes comme ça, avec Laura debout très près de lui. Ça y est, pensa-t-il en fermant les yeux, la fameuse chute, je suis foutu. Il referma ses bras sur elle.

— Laura, dit-il, on est foutus.

Il l'entraîna par les sous-sols et les cuisines du Garibaldi, qui donnaient de l'autre côté de la rue. Ils prirent un taxi pour rejoindre son hôtel. Valence serrait Laura par le poignet.

— On changera d'endroit demain, dit-il. On changera tous les jours.

— Tu m'as menti pour Tibère.

— Oui.

— Ils vont l'inculper pour les deux meurtres.

— Oui.

— Je tiens à ce garçon.

— Ils s'en foutent.

— Mais pas toi.

— Non.

— Je sais quelque chose que je ne peux pas te dire.

— Quoi ?

— Gabriella. Je ne peux rien te dire tant que je ne suis pas sûre. J'y pense depuis des jours.

— Ça concerne les meurtres ?

— Oui. Je n'en peux plus d'y penser.

— Laura, dit Valence en élevant la voix, ce n'est pas moi qui sauverai Tibère. Ce n'est pas toi non plus. C'est lui-même, Tibère, qui sauvera Tibère.

— Pourquoi dis tu ça tout d'un coup ?

— Parce que Tibère est empereur.

Laura le regarda.

— Ils t'ont rendu fou, murmura-t-elle. ~~wrist~~

Valence serrait toujours Laura par le poignet. À force, ça devait peut-être lui faire mal. Mais il était hors de question qu'il lâche ce poignet. Il tourna la tête et regarda par la vitre de la voiture la rue noire qui défilait. Il regarda bien attentivement cette rue, ses réverbères, ses maisons décaties, alors qu'il s'en foutait. Valence pensait : « Je l'aime encore. »

— Nom de Dieu, souffla Tibère, nom de Dieu, c'est vendredi.

Il se raidit sur sa couchette et essaya de rassembler le plus d'idées qu'il pouvait. C'était tellement bouleversant. Il resta le regard immobile, accroché au plafond, explorant soudainement un monde d'évidences, respirant très doucement pour ne pas effrayer les chaînes de pensées qui prenaient vie sans bruit dans sa tête. L'émotion lui effondrait le ventre. Il se leva avec précaution, accrocha ses mains aux barreaux et hurla.

— Geôlier !

Le gardien serra les dents. Depuis le début, ce type s'obstinait à l'appeler « geôlier », comme s'il s'était cru dans une prison du XVIIᵉ siècle. C'était exaspérant, mais Ruggieri lui avait demandé de ne pas inutilement contrarier Tibère pour des vétilles. Il était clair que Ruggieri ne savait plus comment s'y prendre avec cet excité.

— Qu'est-ce qu'il y a, prisonnier ? demanda-t-il.

— Geôlier, fais venir ici Ruggieri sans tarder davantage, récita Tibère.

— On ne dérange pas le commissaire sans motif impérieux à huit heures du soir. Il est chez lui.

Tibère secoua les barreaux.

— Geôlier, nom de Dieu ! Fais comme je demande ! cria-t-il.

Le gardien se rappela les consignes de Ruggieri. L'avertir dès que le prévenu manifesterait un changement d'attitude, un désir de parler, quelle que soit l'heure de la journée ou de la nuit.

— Ta gueule, prisonnier. On va le chercher.

Tibère resta debout, accroché aux barreaux jusqu'à ce que Ruggieri arrive, une demi-heure plus tard.

— Vous voulez me parler, Tibère ?

— Non. Je veux que vous alliez me chercher Richard Valence, c'est terriblement urgent.

— Richard Valence n'est plus à Rome. Il est reparti pour Milan hier soir.

Tibère serra les barreaux. Valence ne l'avait pas écouté et il avait laissé Laura seule dans la nuit de Rome. Valence était un salaud.

— Allez le chercher à Milan ! hurla-t-il. Qu'est-ce que vous attendez ?

— Toi, dit Ruggieri en le dévisageant, tu paieras tes insultes un jour ou l'autre. Je fais prévenir M. Valence.

Tibère retomba sur sa couchette, assis, la tête sur ses bras. Valence était un salaud mais il fallait qu'il lui parle.

On ouvrit sa porte peu de temps après. Tibère respira un grand coup en voyant entrer Valence dans sa cellule.

— Vous êtes venu en avion ? dit Tibère.

— Je ne suis pas allé à Milan, dit Valence. Presque jamais.

— Alors... tu as fait comme je t'ai demandé pour Laura ?

Valence ne répondit pas et Tibère répéta sa question. Scrupuleusement, Valence chercha ses mots.

— J'ai été très biblique avec Laura, dit-il.

Tibère se recula et l'examina.

— Tu veux dire que vous vous êtes écroulés d'amour biblique et que tu as couché avec elle ?

— Oui.

Tibère fit lentement le tour de sa cellule, en croisant les mains dans son dos.

— Bon, dit-il enfin. Bon. Puisque c'est comme ça.

— Puisque c'est comme ça, dit Valence.

— Il faudra que je pense à te proposer la charge consulaire quand je serai sorti de là. Car je vais sortir de là, Valence !

Tibère se retourna, le visage altéré.

— Est-ce que tu peux me dire de mémoire le texte de mes billets, ceux qu'on a retrouvés chez Sainte-Conscience-des-Archives-Ravagées ? Essaie, c'est très important, c'est vital, concentre-toi.

— *Maria…* dit lentement Valence en fronçant les sourcils, *Maria… Table-fenêtre n° 4 mardi… Maria Table-porte n° 2 vendredi… Maria… Table-fenêtre n° 5 vendredi, Maria… lundi… Maria…*

— Mais tu ne comprends pas, Consul ? Tu ne comprends pas ? Tu n'entends donc pas ce que tu dis ? *Maria Table-porte n° 2 vendredi…* Vendredi !

— Eh bien quoi, vendredi ?

— Mais vendredi ! cria Tibère. Vendredi, c'est poisson ! C'est poisson, Valence, nom de Dieu !

Tibère le secouait par les épaules.

Un quart d'heure plus tard, Valence entrait en coup de vent dans le bureau de Ruggieri, qui n'avait pas pu se décider à partir et qui l'attendait.

— Eh bien, monsieur Valence ? Qu'est-ce que ce cinglé avait donc à vous dire de si personnel ?

Valence l'attrapa par le bras.

— Prenez six hommes, Ruggieri, direction Trastevere, le domicile de Gabriella Delorme, voitures banalisées. Vous serez dans la voiture qui bloquera l'entrée principale. Je monterai seul chez elle. Je vous ferai signe de la fenêtre au moment où vous devrez me rejoindre.

Ruggieri ne pensa pas à protester ou à exiger d'accompagner Richard Valence. Il secoua simplement la tête pour demander à comprendre.

— Plus tard, Ruggieri, je vous expliquerai en route. Préparez un mandat d'arrêt.

Comme c'était vendredi, il y avait du monde chez Gabriella, mais la soirée était lourde et lente. Du fond de la pièce, Néron tira sur ses yeux avec ses doigts pour examiner Valence qui entrait, s'asseyait et se servait un verre. Ils le regardaient tous sans parler, Gabriella, l'évêque à côté d'elle, et Laura, encadrée de Claude et de Néron.

— Vous nous apportez des nouvelles, centurion? demanda Néron.

— Oui, dit Valence.

Néron tressaillit et se leva.

— Ça, c'est un vrai oui, dit-il à mi-voix. C'est un oui qui compte. Que se passe-t-il, monsieur Valence?

— Tibère n'a pas tué Henri Valhubert et il n'a pas tué Maria Verdi.

— Ce n'est pas une nouvelle, dit Claude durement.

— Si. Ruggieri vient de détruire l'acte d'accusation. Il en dresse un autre.

— Qu'est-ce qu'on a trouvé? demanda Néron sans cesser de tirer sur ses yeux.

— On a trouvé qu'aujourd'hui, c'était vendredi.

— Je ne comprends pas, murmura Laura.

— Aujourd'hui c'est vendredi, et vendredi c'est poisson. C'est poisson et c'est trêve. C'est trêve et c'est abstinence pour Maria Verdi. C'est abstinence et c'est pureté. Tous les vendredis. Maria Verdi s'abstenait de se rendre complice de Tibère, et Tibère respectait en souriant cette secousse religieuse hebdomadaire. Le vendredi, c'était relâche pour les voleurs de la Vaticane.

— Et après? dit Claude.

— Sur deux des billets trouvés chez Maria, Tibère a écrit: *Table-porte n° 2 vendredi*, et *Table-fenêtre n° 5 vendredi*... Mais Tibère n'a jamais fait travailler Maria le vendredi. Ces deux billets sont des faux, et les neuf autres aussi. Les vrais billets ont bien été détruits par Maria, mais ceux-là ont été déposés chez elle après sa mort, pour faire chuter Tibère.

Valence se leva, ouvrit la fenêtre et fit un signe à Ruggieri.

182

— Les apparences… murmura-t-il en refermant la fenêtre. Quand un appartement est dévasté, on s'imagine qu'on y a cherché quelque chose, et on ne pense pas, au contraire, qu'on y a déposé quelque chose. Ces billets n'étaient pas chez Maria Verdi avant que Lorenzo Vitelli ne vienne les y mettre.

Ruggieri entrait avec deux hommes. L'évêque leur tendit les mains avant qu'on ne le lui demande. Valence vit le jeune flic hésiter devant l'anneau épiscopal avant de refermer les menottes sur ses poignets. Gabriella cria et se jeta contre Lorenzo, mais Laura ne bougea pas et ne dit rien.

Valence, adossé à la fenêtre, la regardait pendant qu'on emmenait l'évêque. Laura n'avait pas tourné la tête vers Vitelli, et lui non plus. Les deux amis d'enfance se séparaient sans un regard. Laura mordait ses lèvres et fumait, avec cette distraction souveraine qui lui faisait négliger les cendres qui tombaient au sol. Elle regardait ses mains, la tête penchée, épuisée, avec ce que l'épuisement apporte de détachement et de tristesse. Richard Valence l'examinait, il cherchait sur elle la réponse qui lui manquait. Il savait maintenant que Lorenzo Vitelli avait empoisonné Henri et égorgé Maria Verdi. Il le savait parce que les faits le prouvaient. Il comprenait enfin l'enchaînement véritable des événements et il savait comment l'évêque les avait superbement maîtrisés depuis treize jours. Mais il ne savait pas pourquoi. Il attendait que Laura parle.

Maintenant, Laura avait posé son front sur sa main, et il avait du mal à la quitter des yeux.

Depuis le départ silencieux de Vitelli et des policiers, Néron était resté près de la porte, contre le montant, et il gardait son œil gauche, tiré avec son doigt, fixé sur Valence. Valence se rendait compte que Néron le voyait regarder Laura. Il savait Néron capable de suivre ses pensées sur son visage et en ce moment, il était incapable de garder son visage détaché. Ça lui était égal.

Néron souriait, Néron revivait, depuis qu'il avait failli foutre le feu à Rome. Il se demandait lequel d'entre eux allait le premier casser le silence qui durait depuis que, tout à l'heure, le grand évêque était parti. Lui-même n'avait pas envie de le faire. C'était tellement agréable, et si gênant, ce silence abruti, la première fois qu'ils se taisaient tous depuis treize jours. Lui, il faisait la netteté sur Richard Valence en tirant sur son œil et ça lui plaisait comme ça. Quand il lâchait cet œil, Valence devenait flou, et quand il le tirait, Valence devenait précis, avec le regard bleu et les mèches noires retombées sur le front, et la respiration troublée. Néron n'avait pas beaucoup connu Valence, mais il était certain que depuis plusieurs jours, il n'était plus dans son état normal, et ça lui plaisait d'assister à ça. Beaucoup même. Le spectacle des grandes amours a toujours ravi les princes, songea Néron.

Il se détacha mollement de la porte et alla choisir une bouteille d'alcool fort.

— Je suis sûr que tout le monde préférerait être ivre, dit-il enfin.

Il fit le tour de la pièce sans se presser et donna à chacun un verre. En arrivant près de Laura, il s'accroupit et lui mit le verre dans la main.

— Et tout ça pour quoi ? lui dit-il. Pour pas grand-chose. Parce que monseigneur est le père de Gabriella.

Laura le regarda avec un peu de crainte.

— Et comment sais-tu ça, Néron ?

— Ça crève les yeux. Je l'ai toujours su.

Valence fut si surpris qu'il dut chercher ses mots. Il regarda Claude qui s'était immobilisé et Gabriella qui avait l'air de ne rien entendre.

— Mais si tu savais déjà ça, nom de Dieu, dit-il à Néron, pourquoi n'as-tu pas tout compris depuis le début ?

— Mais parce que je ne pense pas, dit Néron en se relevant.

— Et qu'est-ce que tu fais alors ?

— Je gouverne.

Il les regarda en souriant.

— Qu'est-ce qu'on attend pour être ivres ? ajouta-t-il.

Valence s'appuya lourdement à la fenêtre. Lentement, il rejeta la tête en arrière. Il fallait qu'il ne regarde plus que le plafond. Il fallait qu'il pense, qu'il ne fasse plus que penser. Bien sûr, Néron avait raison, tellement raison. Et lui était passé à côté de tout. Gabriella était la fille de Lorenzo Vitelli, la fille de l'évêque. C'était bien la seule chose qu'il y avait à savoir. C'était si facile ensuite. Henri Valhubert qui apprend l'existence de Gabriella, l'enfant bâtarde qu'on lui cache depuis dix-huit ans. À partir de là, il est foutu. Il est foutu parce qu'il veut savoir. C'est quelque chose qu'on ne peut pas empêcher. Il veut savoir, et tout se met en marche. Il va trouver son ami Lorenzo sans méfiance, pour parler de Gabriella. Peut-être s'est-il inquiété de la réaction de l'évêque, peut-être a-t-il perçu soudain la ressemblance vague qui unit le père et la fille, ou peut-être a-t-il déduit cette paternité de tout ce qu'il sait de Laura et de Lorenzo. Quelle importance ? Il se trouve que tout d'un coup, Henri Valhubert sait. Il sait. Au moment de cette naissance, Vitelli est déjà dans les ordres. Sous sa menace, Laura s'est tue. Père inconnu. Son mariage avec Valhubert la condamne encore plus au silence. Et puis Lorenzo s'attache à sa fille. C'est idiot mais c'est comme ça. Il élève Gabriella. C'est sans risque, ils ne se ressemblent que si l'on y pense. Il savait bien d'où Laura tirait son argent, et c'était un moyen de plus pour s'assurer son silence à jamais.

Henri Valbubert a affolé cette vie secrète qui se jouait doucement depuis vingt-quatre ans. L'évêque devait le tuer, cet imbécile qui allait foutre en l'air l'harmonie de ces chuchotements, qui allait foutre en l'air sa place de cardinal et toute sa carrière, qui allait foutre en l'air l'avenir de Gabriella. Il l'empoisonne sans hésiter pendant la soirée décadente. L'affaire du Michel-Ange est splendide à utiliser. Il enquête sans relâche pour la résoudre, et il réussit au-delà de ses espérances : Tibère dévalise la Vaticane, Tibère est parfait pour endosser le meurtre à sa place.

Mais il ne faut pas qu'il se précipite. Surtout pas. Que pourrait penser de lui Ruggieri s'il venait lui livrer Tibère, son jeune Tibère qu'il aime tant ? Le flic pourrait se méfier, chercher à comprendre ce qui le pousse, lui, un homme d'Église, à donner Tibère avec tant de zèle. Ce qu'il doit faire, c'est amener doucement les flics à découvrir seuls la culpabilité de Tibère, en conservant pour la façade son rôle de protecteur. Seulement, il y a Maria. Elle n'est pas si sotte, Maria. Elle le pratique depuis tant d'années. Elle ne croit pas à son dévouement. Et pire, elle le soupçonne du meurtre. Elle a compris depuis longtemps l'histoire de Gabriella, ou bien elle a surpris la conversation de Valhubert et de l'évêque dans le cabinet. Elle a dû proposer à Vitelli d'échanger son silence contre le sien : elle ne dira rien sur Gabriella s'il ne dit rien sur Tibère. L'évêque accepte, et puis il la tue. Et tout se referme sans accroc sur Tibère. C'est parfait. Mais après l'arrestation, Laura vacille, et elle possède assez d'éléments pour tout comprendre. Elle l'aime fort, ce sacré empereur, et il la sent faiblir, céder du terrain, jour après jour. Laura va l'affronter, lui, l'évêque. Il lui faut éliminer Laura. Une menace du Doryphore, puis le meurtre, tout paraîtra normal. Tuer Laura. Il a dû avoir du mal à s'y décider. Beaucoup de mal.

— Comment as-tu fait, Néron ? demanda Valence à voix basse sans lâcher le plafond des yeux. Pour l'évêque et Gabriella, comment as-tu fait ?

Néron fit la moue.

— C'est-à-dire que je vois des choses dans l'infra-visible, dit-il.

— Comment as-tu fait, Néron ? répéta Valence.

Néron ferma les yeux et croisa les doigts sur son ventre.

— Quand Néron fait ça, commenta Claude, c'est qu'il n'a pas l'intention de parler.

— Juste, mon ami, dit Néron. Quand Néron fait ça, vous pouvez tous aller vous faire foutre.

— C'est moi qui le lui ai dit hier, dit Gabriella.

Elle s'était levée et les regardait de très loin.

— Tu ne le savais pas, murmura Laura.

— Par moments, je le savais quand même.

— Si tu savais ça, dit lentement Valence, tu savais aussi qui avait tué Henri et Maria.

— Non. Par moments, dit Gabriella.

— Pourquoi n'avoir parlé qu'à Néron ?

— J'aime bien Néron.

— Et voilà, dit Néron sans ouvrir les yeux. Infinis emmêlements des sentiments sur lesquels se tissent et chavirent les destins des princes...

— Ta gueule, Néron, dit Claude.

Néron pensa que Claude allait mieux. C'était une bonne nouvelle. Valence passa une main sur ses yeux et quitta la fenêtre.

— L'alcool est là, lui dit Néron en tendant le bras.

— Tibère a gardé dans un coffre six des onze pièces volées, dit Valence. On doit pouvoir récupérer celles qui manquent, en y mettant le prix.

— Même si les onze pièces sont restituées à la Vaticane, dit Claude, Tibère ne sera pas pour autant dégagé de sa faute. Il sera jugé et condamné tout de même.

— Mais il y a Édouard Valhubert, dit Laura. Il fera écraser le dossier.

— Tu penses à du chantage ou à quelque chose de ce genre ? demanda Claude.

— Bien sûr, mon chéri.

— C'est une sacrée idée, dit Claude.

Valence traversa la pièce. Il voulait voir Tibère.

— Embrasse-le pour moi, dit Laura.

Il sortit doucement sans faire claquer la porte.

Il faisait nuit et encore très chaud. Valence marchait lentement et le sol était imprécis. Néron l'avait fait beaucoup boire. Il avait rempli son verre sans relâche. C'était agréable, cette ville confuse qui tournait un peu autour de lui, pas trop, juste ce qu'il fallait. Dans les vitres sombres, Valence se voyait marcher, et il se trouvait grand, et surtout beau. Si l'évêque avait tué Laura hier soir, lui, Richard Valence, aurait dû continuer à être un type massif avec des yeux clairs. À quoi ça rime, des yeux clairs, si personne ne les regarde ?

— À rien, répondit-il à voix haute. Ça ne rime à rien.

Ensuite, il pensa qu'il devait être attentif s'il voulait trouver son chemin.

Il s'attendait à trouver Ruggieri encore au travail, bien qu'il fût presque minuit. Ruggieri était un bon travailleur. Il avait dû commencer à tout contrôler, à vérifier toutes les articulations techniques de l'affaire.

L'inspecteur était torse nu et passa une chemise pour recevoir Valence.

— J'ai commencé à tout contrôler, dit-il. Ça s'est bien passé comme on a dit. La ciguë pousse à foison dans le jardin du palais de l'évêque. Il dit qu'il a choisi cette plante pour Valhubert parce qu'il savait qu'elle donnait une mort douce. En revanche, pour Maria Verdi, c'était autre chose. Ça faisait tant d'années qu'elle l'exaspérait, alors forcément, le couteau, ça l'a soulagé.

— Qu'est-ce qu'il avait choisi pour Laura Valhubert?
— La balle. Et puis aussi… ça.
Ruggieri fit le tour de son bureau et sortit une petite enveloppe d'un tiroir.
— Je ne devrais pas, ajouta-t-il.
Il hésita, retourna l'enveloppe entre ses doigts, et la glissa finalement dans la poche de Valence.
— De la part de Mgr Vitelli pour Laura Valhubert. Vous lui donnerez. Et pas un mot, s'il vous plaît.
— Je voudrais voir Tibère.
— Ah. C'est si urgent?
— Ça l'est.
Ruggieri soupira et accompagna Valence jusqu'aux cellules. Tibère était assis dans le noir.
— Je t'attendais, Consul, dit-il.
— C'est terminé, Tibère. Monseigneur a tendu ses mains et on les lui a enfermées.
— Lorenzo a de belles mains, avec cette bague au doigt surtout. Il y a tant de gens qui l'ont embrassée. Tu te rends compte? C'est beau, toute cette saleté.
— Bientôt, tu vas sortir d'ici. Laura se charge à sa façon d'arranger les choses. Dans quelques mois, tu seras dehors. Tu vas pouvoir remettre tes chaussures.
Valence se leva pour chercher la lumière.
— N'allume pas, dit Tibère. J'ai envie d'avoir les yeux dans le noir.
— Bon, dit Valence en se rasseyant.
— Est-ce que tu crois que Lorenzo m'aurait laissé pourrir en prison?
— Oui.
— Tu as raison, soupira Tibère. Il faudra que j'aille le voir quand il y sera. On fera des traductions latines ensemble.
— Je ne sais pas si c'est une très bonne idée.
— Si. Est-ce que tu veux savoir pourquoi j'ai volé tous ces machins à la Vaticane?
— Si tu veux.
— Parce que je voulais que Sainte-Conscience fasse

189

quelque chose d'amusant dans sa vie. Et je te jure, Valence, je te jure qu'elle s'est bien amusée. Tu aurais dû voir son visage terrifié quand elle déposait ses petits paquets sous les tables. Elle adorait tous ces messages codés. D'accord elle est morte, mais elle s'est vraiment bien amusée. Il faut que je remette ces chaussures maintenant.

Tibère se leva, alluma, et se pencha sous son lit pour les attraper.

— Voilà, dit-il. Tu ne verras peut-être plus jamais mes pieds, Consul.

Valence sourit et lui souhaita bonne nuit.

Dehors, Laura et Néron l'attendaient. Valence traversa et s'approcha d'elle.

— J'ai oublié de l'embrasser pour toi, dit-il.

— Tu as eu raison, ça n'a pas de sens d'embrasser quelqu'un pour quelqu'un d'autre.

— Lorenzo te donne ça.

Laura déchira rapidement l'enveloppe.

— C'est sa bague, son anneau épiscopal. Il l'a fait couper.

— Il te le donne.

— Est-ce qu'il en a le droit ?

— Non.

Ils marchèrent tous les trois côte à côte un moment. Puis Néron s'arrêta brusquement au milieu de la rue.

— Dites-moi, monsieur Valence, pour combien de temps en a Tibère ?

— Six mois au pire.

Néron réfléchit un moment, immobile.

— Bien, conclut-il, en redressant la tête. Vous lui ferez dire qu'il ne doit s'inquiéter de rien.

Il tendit gravement la main à Valence, effleura les lèvres de Laura et s'éloigna d'un pas négligent.

— En son absence, dit-il sans se retourner, je saurai tenir l'Empire.